人依靠什麼而活

托爾斯泰短篇哲理故事

What Men Live By

Смерть Ивана Ильича

列夫・托爾斯泰

王敏雯——譯

編輯說明

透視人類靈魂的目光——「人性」的作家托爾斯泰

王玉

俄國作家列夫．托爾斯泰（Leo Tolstoy），是一個世界文學史上最光輝的名字，他的《戰爭與和平》、《復活》、《安娜．卡列尼娜》等長篇鉅著堪稱家譽戶曉。法國作家羅曼．羅蘭曾形容他是一位「最不具文學家氣質的作家」，但又讚美他是「藝術家中唯一額上戴有金色光環的人」。在他有生之年不僅創作了數部膾炙人口的傑出長篇小說，還寫下不計其數的中、短篇小說，以及論文、民間故事、童話，甚至教材課本……等等。他曾說：「我們所認為的最崇高藝術，且永遠被大多數人了解和喜好的，是創世紀的史詩、福音的寓言、傳說、童話，以及民間歌謠。」本書所選錄的八篇故事，足以代表這位重量級作家一生尊奉的理念，尤其是他想要貫徹實踐的人道主義與宗教理想。

在一八七二年的一封信裡，托爾斯泰自述：「我改變了我的語言與文體……民眾的語言，具有表現詩人所能說的一切聲音。」此後他不僅在風格上採取平民的言語為基礎，許多故事的靈感亦取材自民間。例如在他編寫的這本極美的《民間故事與童話》（一八八六）中，〈人依靠什麼而活〉、〈兩個老人〉這兩篇故事，據說即出自一位流浪的說書老人波里阿那（Bylines）之口所講述。

這位俄國大文豪在他八十二年的生涯中，分別經歷了賭徒、軍人、獵人、文學家、教育家、改革者、先知、人道主義者等不同身份，然而終其一生，托爾斯泰都孜孜不倦的追尋真理與真道，從未稍事停歇，其各階段的作品亦適時反映出他當時所信奉的價值觀。綜觀托爾斯泰的一生，特別是內在的思想轉折，其實就跟他的作品內容同樣曲折、豐富。

多重身份與經歷

一八二八年八月二十八日，托爾斯泰誕生在莫斯科以南，妥拉（Toula）城外十餘里的小村波里亞那（Iasnaia Poliana）——這個屬於貴族地主的莊園，擁有大片的森林與耕地，風景優美，它激起了托爾斯泰對大自然和鄉土的愛好，後來也成為他長久蟄居之地。他一共有三個兄弟、一個妹妹。托爾斯泰在兩歲時即失去了母親，九歲時父親也過世了，他跟其他的兄弟都是由姑母們帶大的。他在嘉尚（Kazan）求學，成績平平，在這段「荒漠的青年期」，他的頭腦經常處於對各種不同學說的狂熱中，而到了十六歲時，他就停止祈禱，也不上教堂了。

羅曼・羅蘭在《托爾斯泰傳》中形容他的外貌：「如猴子一般的醜陋，粗獷的臉長而笨拙，小小的眼睛深藏在深沉的眼眶裡，注視時顯得非常嚴峻，寬鼻、厚唇、闊耳。」因為外表令他屢屢受挫，以及一種想要成為其他「體面人」的欲望，促使他跑去賭博、借貸，過著極度放蕩的年輕貴族生活。在他最墮落的時期，卻不忘以犀利的目光自我批判：「我完全如畜類一般活著，我是墮落的。」

青年托爾斯泰，1848 年。

托爾斯泰位於波里亞那的家。
（圖片來源：Celest.ru）

他天性中的絕對真誠，拯救了他。後來他在一封給友人的信中說道：「我具有一種不變的性格，那就是我不由自主老是反對外界帶有傳染性的影響，我對於一般的『潮流』感到厭惡。」繼之他又感覺到「人生，不是一種享樂，而是一樁十分沉重的工作。」

一八五三年十一月，俄羅斯向土耳其宣戰。充滿愛國熱忱的托爾斯泰，首先加入羅馬尼亞軍隊，之後又轉入克里米亞軍隊服役。一八五四年十一月七日，他調到瑟巴斯多堡（Sebastopol）奮勇抗敵，常置身險境，尤其是在一八五五年四、五月間，他在第四稜堡的砲台輪值，經歷過好幾回慘烈的戰役，對於戰爭和死亡有著血淋淋的深刻印象。多年以後，當他返回家園，重新面對著純潔的自然景觀，他變成了一名絕對的反戰者。

托爾斯泰，1851 年。

「在這般美麗的世界上，在這廣大無垠的星空下，人們難道不能安逸的生活嗎？他們怎能在這裡還保留著惡毒、仇恨，和毀滅同類的情緒呢？」他在《高加索紀事》中寫著：「人類心中一切惡的成份，一和大自然接觸便該消滅，因為大自然就是美與善的最直接表現。」在本書所收錄的寓言〈亞述國王以撒哈頓的故事〉中，也同樣呈現出了人類戰爭的可怕，和他本人對戰爭這殺戮行為的深惡痛絕。

一八五五年，二十七歲的托爾斯泰辭去軍職，前往聖彼得堡，與屠格涅夫、岡察洛夫等作家文人交遊。在這大城市中，他同時接觸到了情慾、虛榮與人類痛苦的病根，於是他那極度「憎恨虛偽」的神經質又發作了——對於這批聖彼得堡的藝術家們，他只感到憎惡與輕蔑。「在別人那種一派自在的態度旁，他那禁

托爾斯泰在聖彼得堡，1856年。

慾的、嚴峻的神情，穿著軍服，立在這些文學家後方，顯得非常突兀。」羅曼．羅蘭如此描述。雖然如此，大家都大方恭維這個新來的年輕同道，因為他擁有雙重的光榮：作家，兼瑟巴斯多堡的作戰英雄。

自覺不適合城市生活的托爾斯泰，決定造福鄉里。一八五七年，他出國去考察西歐文明，返國後回到自己的本鄉，他重新留意農民運動，深感「農民教育」的重要，於是在領地內開辦起學校來，親自編教材、教學，並創辦了一份報紙。為了蒐集教學的資料，自一八六〇年七月至一八六一年四月，他第二次旅行歐洲考察。

一八六一年，托爾斯泰被任命為克拉匹亞區域的地方仲

托爾斯泰回家鄉服務，1860 年。

裁人，他在地主與政府濫施權威的雙重壓力之下，成為平民百姓的保護人。但他在隔年即辭去此職，所開辦的學校也被封了，他還積勞成疾，得了嚴重肺病。

一八六二年，托爾斯泰因肺病赴薩瑪拉療養，而在一八七〇年後，他每年都必須要去療養一次。「當一個人病時，似乎是在一個平坦的山坡上往下走，在某處，屏障著一層輕飄的布幕——在幕的一面是生，另一面則是死。」但他認為生病是有益於靈魂的：「在精神的價值上，有病的狀態比健全的狀態要優越得多！不要和我談起那些從未患過病的人……」

藉著靈肉的淬鍊，他逐漸脫去了對浮華世務的依賴，儘管誘惑對他是從不間斷的。在他的日記中寫著：「有的人具有強大的翅翼，為了對世俗的迷戀而墜在人間，翅翼折斷

中年時期的肖像。

了。就像我一樣，在這以後，仍要鼓起殘破的翅膀奮力衝飛、再度墜落。翅翼將會痊癒，變成完好的。我將飛翔到至高處，願上帝幫助我！」

遠離城市的托爾斯泰，成日混在鄉下人間，久而久之，他整個人漸漸變得如農民一般「喜歡冗長的辯論，老是重複著說一些人盡皆知的老生長談。」他在一本筆記中寫著：「農耕，是適合人的最自然的工作，而且是最能給人幸福、最能讓人獨立的工作。」除此之外，他還致力於兒童教育的寫作，並積極參與公共事務（如救濟薩馬拉的饑荒等行動）。

工作中的托爾斯泰肖像，1870 年。

騎馬的托爾斯泰，1910 年。

托爾斯泰畫像，1887 年。

經由不斷地內省、探索，一八八〇年後的托爾斯泰，思想上開始產生若干轉變：反對當時儀式化的教會，主張原始、純樸的基督教；提倡重返自然，過一種勤勞的農耕素食生活；他教授不抵抗主義，並想藉由愛的理想來尋求全世界的福祉。一八八二年，托爾斯泰視察了莫斯科的貧民窟，於是認真思考社會制度的不公。在最後的十幾年間，他寫了許多社會改革的論文、各類型小說，還有民間故事、童話、寓言——在一八八一到一八八六年間，他完成了包括〈傻子伊凡〉等著名故事的《民間故事與童話》。

藝術價值與道德觀

一八九八年，托爾斯泰出版了一本頗具爭議性的《藝術論》。他主張藝術趣味的表現原則是「清楚、質樸、含蓄」——我們可以在本書所收錄的幾個精美故事中，得到印證。這些故事不僅呈現出素樸之美，還富含著清晰明確的道德義涵。

例如〈一面空鼓〉這篇精緻優美的民間故事，以毫無矯飾的語言表達出了反戰、反對暴力與熱愛和平的思想，並在故事中點出權力的象徵猶如一面號召士兵的空鼓，可在瞬間瓦解。〈亞述國王以撒哈頓的故事〉則似乎受到東方（特別是佛教）哲學的影響，「我即他人，殺害別人就是殺害自己」，整篇故事滿溢著宣揚博愛思想的情操。

在〈傻子伊凡〉的故事中，謙卑質樸的基督徒伊凡，靠著自身純樸的力量，竟輕易戰勝了企圖利用人類內在的憤怒、驕傲，與外在的金錢、權（武）力來誘惑人類犯罪的惡魔一族。而這一切，都是因為主角伊凡自食其力，全靠雙手勞動工作來養活自己和家人的緣故。這篇故事的動人之處，還在於活靈活現地描繪出那幾隻小魔鬼的動作與行事風格，非常逗趣。

「減少慾望——無論如何，這是必須教給年輕人，也是必須訓練他們的事——『慾望愈少，幸福愈多』，這雖是自古存在的真理，長久以來卻被忽略了。」滲透著托爾斯泰此種理念與道德觀的珠璣小品，也包括了〈國王與襯衫〉，以及〈一個人需要多少土地？〉，留待讀者們自行細細品味。

事實上，飽覽群書的托爾斯泰，對東方文化也涉獵頗深，他曾摘錄老子所言「知者不博，博者不知（聖人往往不是博學的，博學的又往往不是聖人）」用以自我期許、勉勵他人度一種專注而樸實的生活。他又不時提醒自己：「真正的慈悲必須是犧牲的，而且是隱藏不露的。」「善惡有一個絕對可信的標準：促使愛成長、使所有的人融合在一起的行為，就是善；讓人產生敵意、令所有的人互相叛離的行為，就是惡」。

托爾斯泰的藝術不僅意欲傳遞出上述訊息，他更直言：「最偉大的藝術，就是傳達出當代宗教意識的作品。」宗教意識對他的創作而言，就像是河床，或更像是河流的方向。

宗教信念與社會主張

托爾斯泰在一八八〇年前後，似乎經歷了一次重大的精神轉折，此後他在作品中所強調的，已不再是人道主義的抽象價值觀，而是脫胎於基督教「愛」與「寬恕」等教義的主張。

讀者們若想要了解他的宗教精神，就必須看懂他在一八八一年所寫的〈人依靠什麼而活？〉這個精采短篇故事的內涵。在這篇故事的原始起首，托爾斯泰毫不避諱的直接抄錄了《新約聖經》（也就是福音書）中的句子：「小子們哪，我們相愛，不要只在言語和舌頭上，總要在行為和誠實上。」「我們應當彼此相愛，因為愛是從上帝來的。凡有愛心的，都是由上帝而生，並且認識上帝；沒有愛心的，就是不認識上帝。因為，上帝就是愛。」

直言「信仰是生命的力量，人無信仰，不能生活。」「信仰所給予人生之謎的答覆，含有人類最深刻的智慧。」如是，托爾斯泰深信「信仰」必須是一種行為，只有在實踐時才有意義。他看不起一般圓融之士與有錢人僅把宗教當成一種「享樂人生的安慰」，這使他下定決心與莊稼人相處，因為他認為只有他們能使「信仰」和「生活」協調一致。

一八八四年寫出的〈三名隱士〉，就在故事開頭摘錄了這段福音：「你們禱告，不可像外邦人，用許多重複話，他們以為話說多了必蒙垂聽。你們不可效法他們，因為你們沒有祈求以先，你們所需用的，你們的父早已知道了。」一八八五年的〈兩個老人〉，則以類似紀實的筆觸、對照的手法，描寫了兩位朝聖的老者，在朝聖的旅程中所見證的奇蹟。

一九〇一年，由於跟所屬教會的理念不合，又公然抨擊教會的種種，托爾斯泰被「神聖宗教會議」開除了教籍，他對此決議做出回應：「我相信上帝，上帝於我是精神、是愛、是一切的要素。我相信祂在我心中存在，猶如我在祂心中存在一樣……我的信心，使我能在平安與歡樂中，走向生命的終局。」但他不承認耶穌是神，此外，他也決定不再成為國家和教會「剝削人民」的共犯，決意放棄金錢與田產，不為國家服務。

其實，他是一位真正虔誠的信者。「我認為，沒有宗教，人既不能善，亦不能幸福……對我來說，『自然』就是一個引路人，它能導引我們皈依宗教。每個人都有不同的道路，而這條路，只有在每一個人的深處，才能夠找到。」他從不迴避阻撓真理實現的種種阻礙；他不但正視它們，而且試圖克服並超越這些困難，如同他在筆記中寫下的：「在任何情況下，能讓我們在精神上獲得自由與幸福的法則，便是上帝的法則。」

情感與家庭生活

托爾斯泰在三十四歲時，與相交甚篤的裴爾司家族中，年方十七的千金蘇菲亞（Sophie-Andreieuna Bers）結婚。婚後數年間，他「體會到許久沒有的平靜與安全感」，遂全心投入創作，陸續完成充滿純真魅力的史詩鉅作《戰爭與和平》和《安娜．卡列尼娜》。羅曼．羅蘭認為，這兩部書中的女主角性格，都有著托爾斯泰年輕夫人的影子。事實上，她陪著他一起工作：筆錄下他的口述、謄清草稿（據說她曾把《戰爭與和平》重新謄寫過七次），並且在他的心靈煎熬時，努力設法保護他不因宗教或理想之故，而放棄文學藝術的創作。

然而，蘇菲亞的努力似乎是徒勞的。她在一八七八年寫的一封信中，提到了丈夫托爾斯泰：「他的眼睛總是奇特地固定看一個方向，幾乎不開口說話，他似乎不是這世上的

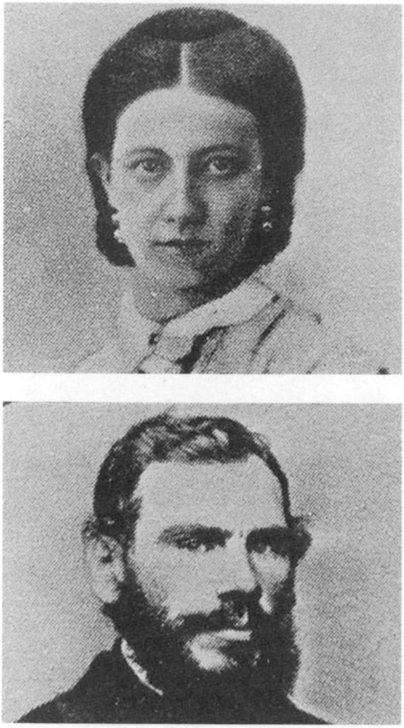

托爾斯泰與妻子蘇菲亞，1862 年。

蘇菲亞，1875 年。

夫人蘇菲亞與女兒亞歷珊大的畫像，1886年

人。」「他自稱他永遠在工作，但可悲的是，他只寫著一些不足稱道的宗教辯論……只是為了要表明教會與福音書所說的教義不一致！」

蘇菲亞也寫信給她的丈夫：「看到你以這樣靈智的力量，卻用在鋸木、煮湯、縫靴的工作上，我只感到憂鬱……你具有那麼溫和、善良、天真，那麼永恆的性格，而這一切更被那寬廣的同情之光，與那直透人類心魂的目光所燭照……這一切，都是你所獨具的啊。」

一八八三年，同為作家的友人屠格涅夫，在寫給托爾斯泰的信中，也以作家朋友的身份請求他這位「俄羅斯的大作家」朋友，能夠「重新回到文學方面去」。然而托爾斯泰不是一個擅長處理世事的人，他的生活與理想經常陷於矛盾。就像他的作品中處處可見人類靈魂的掙扎和鬥爭後的昇華，他自身也是一位飽經靈肉爭戰的鬥士。他對自我的要求很高：應該不說謊、不畏懼真理，應當懺悔、捐棄來自教育的驕傲。最後，還要「用自己的手勞作，以額頭上所流的汗來換取麵包」。而這一切，都不能獲致習於貴族生活的妻子與子女們的諒解。

連最親近的家人，都無法了解托爾斯泰精神改革的偉大，他的痛苦可想而知，但也只能默默忍受——羅曼・羅蘭如此形容——對他來說，憤怒是沉靜的；而沉靜是熾熱的。他和兒女們的相處也並不融洽，當他在飯桌上說話時，他的兒子們竟不大遮掩他們的不耐煩，他的信仰只稍稍感染了他的三個女兒。事實

托爾斯泰一家人的鄉居生活。

上，他在家人中間，精神上可說是完全孤獨的。

「親愛的蘇菲：長久以來，我為我生活與信仰的不一致而痛苦……」托爾斯泰親筆寫信給妻子。而在另一封致友人書中，他吐露：「你也許不信，但你無法想像我是多麼孤獨。真正的我，是被周圍所有人鄙視到何種程度啊。」

當然，他也承認自己有問題：「如果人們把我當成一個不會有錯誤的人，那麼我的每項錯誤，都會顯得像是謊言或虛偽了。但若人們視我為一個弱者，那我本來的面目就可以完全顯露出來。我是一個可憐的生物，但卻是真誠的，而且一直誠心誠意的想成為一個好人、一個上帝的忠僕。」他就這樣常常自苦於良心責備，也為自身的怯懦和猶豫不決而難過，不斷徘徊在家庭之愛與上帝之愛間……

托爾斯泰和家人，1887 年。

一八八五年，托爾斯泰決意否認私有產權，而與妻子蘇菲亞發生衝突，因為他放棄了財產與著作權，對家庭生活構成了嚴重問題。夫妻間彼此觀念的歧異愈來愈大，這段婚姻終致演變成難以挽回的地步。

攝於工作室，1908 年。

托爾斯泰與小孫女的合照，1906 年。

托爾斯泰與妻子蘇菲亞，1910 年。

或許是出於實際生活與精神生活難以協調，或許是出於另一種追尋的渴望，年老的托爾斯泰，曾數度想要離開家庭，卻又基於種種考量，掙扎著未能成行。他年輕時曾自許「到六十歲時，就要去森林隱居，像所有信教的老人一樣，將殘生奉獻給上帝。」但這決心一直拖延著。終於，在一九一〇年十月二十八日的清晨五點多，他留了一封訣別書給妻子蘇菲亞，並在女兒亞歷珊大和家庭醫生馬各維茲的陪伴下，走出了自己的家園。

對於後世的影響

即使在出走的旅途中，托爾斯泰仍未停止書寫手邊關於死刑等議題的論文。十一月七日，這位疲憊的老人經過數日的奔波，病倒在亞斯塔波伏（Astapovo）火車站，就在站長的小屋裡與世長辭。

如同他生前曾抄錄的老子智慧之語：「夫物芸芸，各復歸其根，歸根曰靜，是謂復命……沒身不殆（萬物生長、開花後，便又回到它們的根源，回到根源是表示寧靜，表示與自然的合一，因此肉體的死，並不含藏任何危險）。」他的選擇出奔與離世，除了遺留大量有待整理、尚未出版的作品外，並未留下任何憾恨。

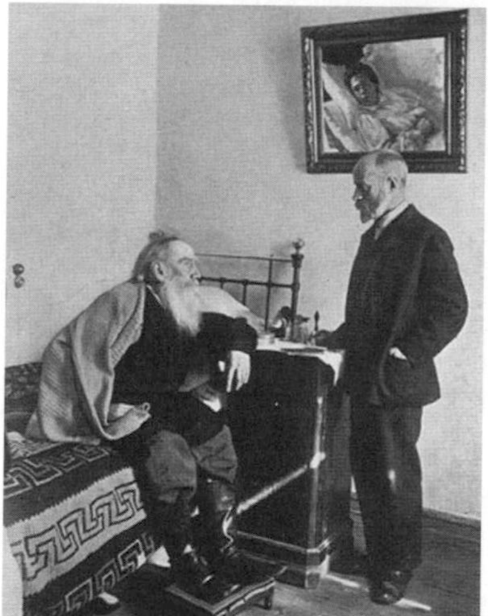

托爾斯泰在臥房中與醫生馬各維茲交談，1910 年

托爾斯泰與女兒亞歷珊大，1905-1910 年。

托爾斯泰在年輕時即涉獵多元文化，在其所編的兒童教材中，也有不少伊斯蘭教阿拉伯文學故事的收集。對於其他各文化與宗教，他的態度是寬容而非批判的。在他生命的後三十年中所極力倡導的反暴力、反虛偽，追求返璞歸真，以及他的人道思想，至今仍不斷帶給許許多多也抱持此種想法的人們啟示。

特別值得注意的是他在一九〇八年十二月所發表的論文〈致一位印度人書〉，堅定的宣揚「不抵抗主義」與「博愛主義」：「只要武力抵抗被容受，那麼愛的法則便沒有價值，也不能有價值了。如果愛的法則沒有價值，那麼除了強權以外，任何法則都不會有價值。」此書傳到一個當時在南非當律師的年輕印度人——甘地——之手，他不僅把此書翻譯成印度文，而且還身

坐在自己莊園中小憩的托爾斯泰，1908 年。

體力行的實踐了其中的「不抵抗主義」理念，從而改變了整個印度的命運。托爾斯泰在離家出走、身歿車站之前一個月，曾寫過一封長信給甘地這位忘年之交，有興趣的讀者不妨找來一讀。

至於他的文學呢？在此引用羅曼．羅蘭的評注：「是近代藝術中獨一無二之作，比藝術本身更崇高的作品。洋溢著福音書的精神、手足同胞般的人類貞潔之愛，更夾雜著民間智慧，微笑般的歡悅、單純、質樸、明淨，還有無可磨滅的慈悲之情，以及不時自然光照作品的超自然光彩！」就像本書中所收錄的八個如寶石般熠熠生輝的故事，在詩意的氛圍下，包含著基督福音中關於謙遜自持與寬恕愛人的道理：「別報復得罪你的人。」無論如何，結論總是「愛」——頓時，期望創造一種「為全人類而生之藝術」的托爾斯泰，其作品獲得了舉世共通的普遍性；自他的文學藝術中所能提煉出來的，唯獨「永恆」二字。

與其成為一盞高照世人的明燈，托爾斯泰最終呈現在世人眼前的身份，毋寧更像是一位平凡可親、與大家一樣充滿缺點，但卻勇於力求改善的「弟兄」。他並不是針對那些思想卓絕的菁英份子說話，他只想說話給平凡人聽；他那淡灰色、深沉而清明的目光，無時無刻不關注著人性的底蘊。誠如羅曼．羅蘭所說：「他在每個人的靈魂深處，都看到了上帝的存在。」

蘇聯郵票上的托爾斯泰，1978年。

目次

國王與襯衫

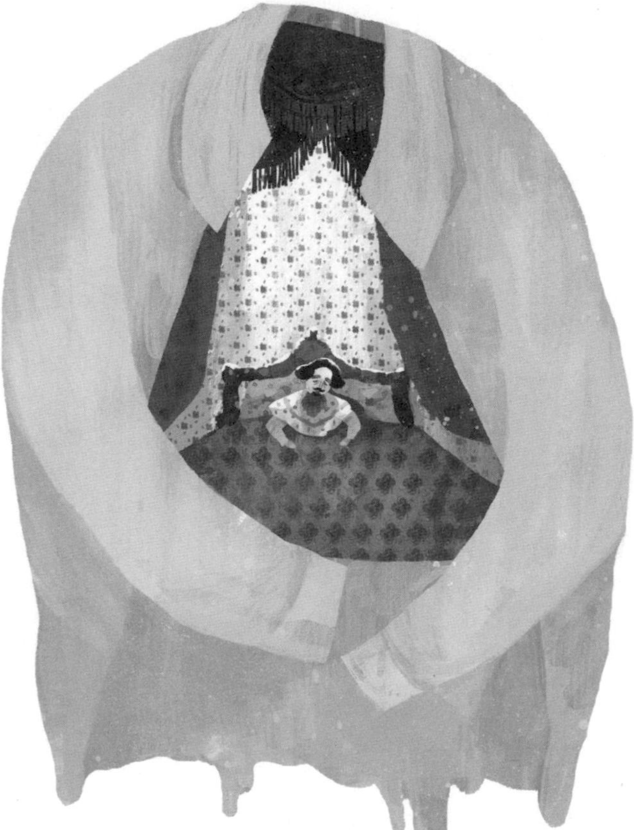

有個國王生了病。

他說：「誰能治癒我，我願送他一半的王國。」

國內的明智之士都聚在一起，商討醫治國王的方法，但沒人想得出。只有一個人說，他認為有個辦法可以治好國王的病。

「如果你能找到一個快樂的人，拿來他的襯衫，給國王穿上，就能治好國王的病。」

於是國王派幾名密使四處查訪誰是快樂的人。他們把整個王國都走遍了，卻找不到一個快樂的人。沒人對自己的人生完全滿意：有錢的人可能在害病；身體健康的人卻很窮；倘若有人富裕又健康，家裡就有個惡老婆，或難以管教的小孩。總之不管是誰，都能找到事情抱怨。

最後某個深夜，國王的兒子經過一間小茅屋，聽到有人說：「現在，讚美神，工作我已做完，食物也已享用，我可以躺下睡覺了。我還有什麼不滿足的呢？」

國王的兒子喜出望外，下令取走這人的襯衫，帶給國王，這男人要多少錢都可以賞給他。

於是密使走進屋子，想脫下這男人的襯衫——但這個快樂的男人實在太窮，窮到身上竟然連件襯衫也沒有。

人依靠什麼而活？

「我們因為愛弟兄，就曉得自己是已經出死入生了。沒有愛心的，仍住在死中。」

——《約翰一書》第三章第十四節

「凡有世上財物的，看見弟兄窮乏，卻塞住憐恤的心，愛上帝的心怎能存在他裡面呢？小子們哪，我們相愛，不要只在言語和舌頭上，總要在行為和誠實上。」

——《約翰一書》第三章第十七～十八節

「我們應當彼此相愛，因為愛是從上帝來的，凡有愛心的，都是由上帝而生，並且認識上帝。沒有愛心的、就不認識神，因為神就是愛。」

——《約翰一書》第四章第七～八節

「從來沒有人見過上帝。我們若彼此相愛，上帝就住在我們裡面。」

——《約翰一書》第四章第十二節

「上帝就是愛；住在愛裡面的，就是住在上帝裡面，上帝也住在他裡面。」

——《約翰一書》第四章第十六節

「人若說我愛上帝，卻恨他的弟兄，就是說謊的；不愛他所看見的弟兄，就不能愛沒有看見的神？」

——《約翰一書》第四章第二十節

1

有個名叫賽門的鞋匠，沒有房也沒有地，跟老婆、孩子住在農家小屋裡，每天工作養活一家人。錢不好賺，但麵包不便宜，他把收入都花在食物上了。每到冬天，賽門跟老婆只能共穿一件羊皮大衣，而這件大衣已經破爛得不成樣。去年他就想買綿羊皮做件新大衣，但直到今年還沒買成。冬天又到了，賽門存了些錢，包括藏在他老婆小箱子裡的一張三盧布鈔票，還有村子裡沒收齊的帳款，算一算共有五盧布二十戈比（註：一盧布等於一百戈比）。

於是一天早上他出發去村子，打算買綿羊皮。他在襯衫外頭加一件老婆的黃棉襖，再穿上自己的外套。他把那張三盧布的鈔票揣在口袋裡，砍支木棍當拐杖，吃過早餐後就出門了，心裡想著：「我要去收錢，那五盧布早就該付了。再加上這三盧布，這樣應該夠買綿羊皮，做一件冬大衣了。」

他來到村莊，走到一個農夫家裡準備收錢，但他不在家。他老婆不肯代付，只說下星期一定會給。賽門只好再去找另一名農夫，但他對天發誓說自己真的沒錢，只肯先付二十戈比，那是賽門替他修靴子的錢。賽門沒辦法，想先跟綿羊皮商人賒帳，但這人信不過他。

他說：「帶錢過來，我就讓你選毛皮。我們都知道催帳是怎麼回事。」

就這樣，鞋匠此行只收到他補靴子的二十戈比，外加一雙氈靴，那是個農夫要他拿皮革補鞋底的。

賽門覺得很灰心，就把這二十戈比拿去買伏特加喝；毛皮也沒買，就往回家的路上走。早上出門時他還覺得霜凍很冷，但現在伏特加下肚後，他覺得就是不穿綿羊皮大衣也很暖和。他一腳高一腳低地走著，一手拿著拐杖敲打結凍的地面，一手拿著氈靴晃著，開始自言自語。

他說：「我很暖啊，雖然沒羊皮大衣可穿。我只是喝了點酒，就覺得血管裡都熱呼呼的。我不需要羊皮大衣，一切都挺好的，什麼也不必擔心。我就是這樣的人！還有什麼好擔心的？我不需要綿羊皮也能活，根本就不需要！老婆一定會跟我吵，這是免不了。而且的確是很糟，一個人成天工作，居然拿不到酬勞。嘿，先等一下！如果你不把欠的錢還我，我就剝掉你的皮，你看我敢不敢！結果怎麼著？他一次只肯付二十戈比。二十戈比，我還能怎樣，就把這錢拿去買酒喝掉啦，也只能這麼做了。他說他有困難，就算是真的好了，但我怎麼辦？你有房子、又有牲畜，啥都有，看看我住的地方，是全家擠在一塊耶！你有自己的作物收成，但我每一口糧都要用買的，每星期光是麵包就要花上三盧布。每次回家發現麵包又吃光了，就得再拿一塊半盧布去買。你就把欠我的錢付清就好，哪來那麼多廢話！」

走著走著，他拐了個彎，眼看就快走到教堂。抬起頭來望見教堂後面有個白白的東西。陽光不再那麼刺眼時，這鞋匠瞥見一樣東西，但看不出那是什麼。「我記得這裡沒有白色石頭啊。還是牛？也不像啊。蠻像一個人頭的，只是太白了。可是一個人在這裡幹什麼呢？」

他走近瞧，現在可以看得很清楚，真的是一個人！這人全身赤裸，背靠著教堂一動也不動地坐著，看不出是死的還是活的。鞋匠感到一陣恐懼，心裡想道：「一定是誰殺了他、扒光他衣服，把他丟在這兒。要是我插手管，肯定會惹上麻煩。」

於是鞋匠繼續往前走，還故意繞到教堂前面，這樣就不會再看到那個人。走了一段距離後，回頭看那人，發現他不再倚著教堂，而是彷彿要朝這邊移動。鞋匠比方才更害怕，心裡想：「我是應該回去看他，還是繼續走？要是我走近，搞不好會發生什麼恐怖的事。誰知道這傢伙是誰？他來這裡肯定沒好事。我要是靠近他，他可能會跳起來掐住我脖子，我跑也跑不掉。就算不是，該怎麼處理也很麻煩。一個全身脫個精光的人，我要拿他怎麼辦？我總不能給他衣服穿，我自己都沒剩幾件了。上天保佑我順利脫身吧！」

這樣想著，鞋匠加快腳步，只想著離教堂越遠越好；突然間他良心一陣不安，停下了腳步。

他問自己：「賽門，你在幹什麼？這男人沒得吃沒得穿，搞不好會死，而你只因為害怕就一聲不響地溜掉。你哪時候變得這麼有錢，難道還怕人搶你不成？噢，賽門，你真丟臉！」

他轉身朝這男人走去。

2

賽門走近這陌生人，看著他，發現他其實很年輕，體型勻稱、身上也沒有瘀傷，只是看起來又冷又害怕的樣子。他背靠著坐，沒有抬頭看賽門，好像連舉眼看人都沒力氣。賽門朝他走近，突然間這男人像是醒了，轉頭望著他，直視賽門的臉。這一眼已足夠讓賽門喜歡這個人。他把氈靴丟到地上、扯下腰帶、把腰帶放在靴子上，然後脫下外套。

他對這人說：「現在先別說話。來，趕快穿上外套。」賽門拉住這男人的手肘，扶著他站起來。現在這男人這麼站著，賽門發現他身上很乾淨，體態健康，四肢勻稱，臉龐看起來溫和善良。他把自己的外套披在這人肩膀上，但這人找不到袖子。賽門握住他的手臂，帶著他穿好，再替他把外套拉得緊緊，將腰帶繫在他腰間。

賽門甚至脫下破爛的帽子，戴在這人頭上，不過他隨即覺得自己的頭頂冷颼颼的，心裡想：「我沒什麼頭髮，他的頭髮卻是又長又鬈。」於是拿回帽子重新戴上。他又想道：「最好讓他穿上鞋子。」於是他要這男人坐下，一面替他穿上氈靴，一面說：「好了，朋友，現在動一動，讓自己暖和些。其他的事以後再說。你還能走嗎？」

這男人站起身來，神色和悅地看著賽門，卻不發一語。

賽門問道：「你怎麼不說話？這裡實在太冷了，我們得回家去。這樣吧，你拿我的枴杖，如果覺得沒力氣的話，就拄著吧。現在走吧！」

這男人邁開雙腿，腳步倒很輕快。

兩人並肩走著時，賽門問他：「你是從哪來的？」

那人回答：「我不是這一帶的人。」

「我想也是，這附近的人我都認識。但你是怎麼來到教堂的？」

「我不能說。」

「是有人欺負你嗎？」

「沒人欺負我，是神在懲罰我。」

「當然了，神是這世界的主宰，不過你還是得先填飽肚子，找地方住。你打算去哪？」

「去哪都一樣。」

聽他這樣說，賽門覺得實在不可思議。這人看來不像流氓，說話這麼溫文，卻絕口不提自己的事。他心裡想著：「誰曉得曾經發生過什麼事？」他對這陌生人說：「這樣的話，跟我回家吧，至少先取暖一下。」

於是賽門朝家裡去，這陌生人在他身旁走著。風開始變強，賽門覺得襯衫底下的身體好冷，頭不再像先前那麼暈了，只覺四周一片霜凍。他一邊走一邊吸鼻涕，把妻子的衣服緊緊裹住身體，心裡想：「對了！還有綿羊皮。我是出門買綿羊皮的，結果回家時身上連件大衣都沒有，更扯的是還帶了個光著身子的人回家。馬歐娜肯定不高興。」一想起老婆覺得有些難過，但當他看著這陌生人，想起他在教堂裡抬起頭望向他的神情，心中便感到一陣喜悅。

3

賽門的妻子那天很早就把每件事都準備好，她砍了木材、取了水、餵飽小孩、自己也吃過了。現在她坐著想，什麼時候要再做麵包，是今天還是明天？家裡還有一塊大麵包。

她想：「如果賽門已經在鎮上吃過午餐了，晚餐又吃不多，那麵包還可以再撐一天。」

她拿著麵包反覆掂量，想道：「我今天不要再做麵包了。剩下的麵粉只夠再做一批。這麵包省著點吃，搞不好可以吃到禮拜五。」

馬歐娜收好麵包，坐在桌邊開始縫補丈夫的襯衫。她一邊補，一邊想到丈夫打算買羊皮做件大衣穿。

「希望賣羊皮的別騙他。我的好丈夫就是太單純，他從不騙人，可是就連小孩也能矇他。八盧布可不少，應該夠他買件好大衣啦。可能還不夠買鞣皮的，不過買件像樣的大衣應該沒問題。去年冬天可真夠受的，連一件暖和的大衣都沒有。我沒法去河邊，連出門都沒辦法。他出門時總得把我們倆的衣服通通穿上，我就沒得穿了。他今天不算太早出門，不過算算也該回來了。我只希望他別又跑去喝酒了！」

馬歐娜還在左思右想時，就聽到門口有腳步聲，有人進來了。她先把針別在衣裳上，起身走到走廊。只見賽門跟另一個男人站在面前，那男的沒戴帽子，腳上穿著氈靴。

馬歐娜立刻聞到丈夫身上的酒味，心想：「看吧，他又喝酒了。」然後她發現他沒穿大衣、只穿著她的棉襖，手上沒東西，一句話不說地站在那兒，滿臉羞愧的模樣。她突然感到一陣失望，心都要碎了：「他把錢都喝掉了，還找了這個沒用的傢伙一起喝，再帶他回來。」

馬歐娜讓他們先進屋裡，隨後進來，看到這陌生人是個年輕男子，個頭不高，穿著她丈夫的外套。外套底下沒穿襯衫，頭上也沒戴帽子。他進屋後只是站著，動也不動、也不抬眼看人。她想：「這人肯定不是什麼好人，他在害怕。」

馬歐娜皺眉，站在烤爐旁，瞧這兩個人要幹什麼。

賽門脫下帽子，一屁股坐在長凳上，彷彿什麼事也沒有。

「嘿，馬歐娜，晚餐弄好了就端過來吧。」

馬歐娜嘴裡咕噥了幾句，但還是站在烤爐旁沒動。她看看這個，又看看另外一個，只是搖頭不說話。賽門看得出妻子很不高興，但他想矇混過去就算了，所以就裝作沒看到她的表情，拉住這陌生人手臂說：

「坐下吧朋友，我們來吃晚餐。」

陌生人坐在凳子上。

賽門問：「妳沒給我們做晚餐嗎？」

馬歐娜的怒氣就像煮沸的開水那樣一發不可收拾。「我是弄了晚餐，不過不是給你吃的。我看你喝酒喝到腦子壞了吧！你不是出門要買羊皮大衣嗎？結果呢？回家時還是這件出門穿的外套，還帶了個沒穿衣服的流浪漢回來！我可沒晚餐招待你們這些醉鬼。」

「夠了馬歐娜，不要不分青紅皂白就亂講。你可以問問這個人是……。」

「你跟我說錢到哪去了？」

賽門掏掏上衣口袋，摸出一張摺得皺皺的三盧布鈔票，攤平了放在桌上。

「錢在這裡。崔方諾夫沒給，不過他保證過幾天會給。」

馬歐娜怒火愈熾。他不但沒買毛皮，還把自己唯一的外套給這不相干的、光著身體的人穿，最後還把他帶回家。

她抽走鈔票，準備等下拿去收好，對他說：「我沒晚餐給你吃。這世上酒鬼那麼多，我們沒辦法一一填飽他們的肚子。」

「喂，別再說了！先聽聽看這人怎麼說。」

「這種酒鬼嘴裡會講出什麼好話來？當初我就不想嫁你，果然有先見之明，根本也是個酒鬼嘛！把我媽給我的亞麻布賣掉拿去買酒喝，現在又喝掉買大衣的錢！」

賽門想開口跟老婆解釋自己只不過花掉二十戈比、又是如何在路上發現這個人。但馬歐娜根本不給他說話的機會，她自顧自滔滔不絕地罵，開始翻起舊帳，連十年前的事也倒出來講。

馬歐娜講個沒完，最後她衝向賽門，抓住他袖子。

「把棉襖還我！這是我唯一的棉襖，你就一定要拿去自己穿。拿來，你這癩皮狗！早晚要給魔鬼抓走啊你！」

賽門開始脫棉襖，翻出內裡的袖子，馬歐娜狠狠一把抓住，縫線綻開了也不管，一把搶過來套在頭上，就往門外走。她本想出去，但突地停下腳步。她不想再發火，同時也想知道這陌生人到底是誰。

4

馬歐娜停下腳步說：「他要真是個好人，就不會全身光溜溜的，你看，他連件襯衫也沒有。如果他真的沒問題，你就該告訴我你是在哪碰到他的。」

「我剛剛就是想跟你說這個。我走到教堂時，看見他全身光溜溜、快凍僵的樣子。這種天氣怎麼能不穿衣服坐在外頭呢？這是神的旨意，要我發現他，不然他早就凍死了。我能怎麼辦？我們怎麼知道他還會發生什麼事？所以我就拉著他、給他穿衣服、把他帶回家來了。馬歐娜，妳別這麼生氣了。這是罪惡，要知道我們每個人都會死。」

馬歐娜本來要講幾句氣話，但她看看這陌生人，就不講了。他坐在長凳邊，動也不動，兩手交疊放在膝蓋上，頭軟軟地垂到胸前，閉著眼、皺著眉，看來很痛苦的樣子。她沉默了。

賽門問她：「馬歐娜，妳不敬愛神嗎？」

馬歐娜聽了這句話，又再看看這陌生人，她突然覺得一陣心軟。她從門邊走回來，走到烤爐旁把晚餐拿出來，把杯子放在桌上，倒了些裸麥啤酒，然後拿出最後一片麵包，再把刀子跟湯匙放在桌上。

她說：「想吃的話，吃吧。」

賽門把這陌生人拉到桌邊，對他說：「年輕人，坐下吧。」

賽門切好麵包、再把麵包撕碎丟進湯裡，兩人就開動了。馬歐娜坐在桌角邊，以手支著頭，望著這人。

她不禁感到一陣憐憫，開始覺得有點喜歡這人了。這陌生人的臉龐一掃陰霾、眉頭也不再打結，他抬起眼，對著馬歐娜微笑。

等兩人吃完飯，這女人清理好桌面，開始盤問這年輕人。

她問道：「你打哪來的？」

「我不是這一帶的人。」

「那你怎麼會在路上流浪？」

「我不能說。」

「有人搶劫你嗎？」

「神在懲罰我。」

「那你就光著身子躺在那兒？」

「是，光著身子受凍。賽門看到我，覺得我可憐，把大衣脫下來給我穿，還把我帶回來。而妳，妳一樣同情我，餵飽我、還給我熱湯喝。神會給你們補償的！」

馬歐娜站起身來，拿起放在窗邊正在補綴的賽門的襯衫，遞給這陌生人，然後又拿來一條長褲。

她說：「喏，我看你沒上衣穿，把這穿上，想躺哪就躺哪吧，看是要在閣樓上還是灶旁都行。」

這人脫下外套、穿好襯衫，然後在閣樓找個地方躺下。馬歐娜吹熄蠟燭、拿起棉襖、爬到她丈夫躺著的地方。

馬歐娜拉直棉襖的下襬蓋好身軀，然後躺下，但她睡不著。她沒辦法把這陌生人趕出腦海。

她想到這人吃了他們最後一塊麵包，明天就沒麵包吃了，又想到她把襯衫跟褲子都拿給他穿，就覺得煩惱難受；但當她回憶起這人微笑的樣子，內心便感到喜悅。

馬歐娜久久地躺著，無法入睡，她知道賽門也沒睡著，因為他把棉襖往他那邊拉。

「賽門！」

「嗯？」

「你把最後一片麵包吃掉了，我還沒擀新的麵粉。我不知道明天我們要吃什麼。還是我去跟隔壁的瑪莎借一點來？」

「只要我們活著，總能找到東西吃。」

這女人靜靜地躺著，過了一陣子，她說：「他看起來是個好人，但為什麼不肯跟我們說他是誰。」

「我猜他有他的理由吧。」

「賽門！」

「嗯？」

「我們幫人，但為什麼沒人肯幫我們？」

賽門不知該怎麼回答，所以他只說：「我們別再說了。」然後翻過身睡覺。

5

賽門早上醒來，發現孩子們都還在睡，老婆已經去鄰居那兒借麵包了。那陌生人獨自坐在長凳上，身上穿著他們的老舊襯衫跟長褲，朝上面看。他的氣色看起來比昨天好得多。

賽門對他說：「朋友，肚子餓就得吃麵包，身上冷呢，就必須穿衣服。人總要工作賺取衣食，你會做什麼？」

「什麼都不會。」

賽門聽到這話吃了一驚，但還是說：「人只要有心學，什麼都學得會。」

「人要工作，那我也要工作。」

「你叫什麼名字？」

「麥可。」

「這樣吧，麥可，要是你不說你是誰，那是你的事。但你得自己賺取衣食，如果你肯聽我的話工作，我會給你食物吃、給你地方住。」

「神會報答你的！我要學，告訴我要做什麼。」

賽門拿來毛線，在他的大拇指上纏繞，又擰扭了幾圈。

「這很簡單，就這樣。」

麥可看著他做，也學他把毛線繞在拇指上，抓住訣竅，擰扭毛線。然後賽門教他給線抹點蠟，他很快掌握竅門。下一步賽門教他把粗毛往內扭，開始縫製，這個麥可也毫不費力就學會了。

不管賽門教他什麼，他都一學就會，幾天後他縫製靴子的模樣就像是做了一輩子的老匠人。他一工作起來就不停下手，也吃得很少。做完手邊的活後，他往往不發一語地坐著，抬起頭望著上空。他很少上街，有必要時才說話，既不開玩笑、也很少露出笑容。除了第一晚馬歐娜把晚餐端給他時，他微笑以報，之後他們就再沒見過他笑的樣子。

6

日子一天天過去，一星期又一星期飛快流逝，新的一年又開始了。麥可跟賽門住在一起，一塊工作。他的名聲很快就傳開了。大家都說，除了賽門請來的師傅麥可，沒人能把靴子縫得這麼齊整結實，於是這一區的人們紛紛來找賽門做靴子，日子也開始好轉了。

某個冬日，賽門跟麥可正坐著幹活，一輛由三匹馬拉著、上頭坐著車夫的馬車，發出叮鈴叮鈴的聲音，在小屋前停下。他們從窗子往外瞧，這輛馬車停在他們家門口，一名穿著得體的僕役跳下車來，打開車門。有位穿著毛皮大衣的紳士下了車，走到賽門小屋前面。馬歐娜一骨碌起身，把門打開。這名紳士略略彎身走進屋裡，當他再度站直時，他的頭都快頂到天花板了，整個人似乎快塞滿這間屋子。

賽門站起來向他躬身行禮，看著這紳士，雙眼滿是驚訝。他從沒看過長得像他這樣的。賽門自己很瘦、麥可也是瘦子、馬歐娜更是瘦得前胸貼後背，但眼前這男人簡直像是來自另一個世界：紅臉、身材魁梧、頸項粗得像頭牛，整個人看起來就像是用鐵鍛造而成。

這紳士哼一聲，一陣風似地脫下毛皮大衣，往長凳上一坐，問道：「哪一個是老闆？」

「尊敬的閣下，我是。」賽門說著，往前走了幾步。

這紳士高聲喊他的僕人：「喂！菲德卡，把小牛皮拿來！」

只見一名僕人跑進來，手上拿著個包裹。紳士接過包裹，放在桌上。他說：「打開。」年輕的僕人解開了包裹。

紳士指著這皮革，說：「鞋匠，你看，看到這塊小牛皮了嗎？」

「尊敬的紳士，看到了。」

「你知道這是什麼皮嗎？」

賽門仔細觸摸，回答說：「這是質地很好的牛皮。」

「沒錯！很好。你這傻子，應該從來沒見過這種皮吧。這是德國製的，價值二十盧布。」

賽門嚇了一跳，說：「我哪有機會見到這種皮呢？」

「可不是！那你可以用它替我做雙靴子嗎？」

「是，尊敬的閣下，我可以。」

這紳士大聲說：「你可以，真的嗎？那麼別忘了這鞋是做給誰的，別忘了這是什麼皮。你要替我做雙可以連穿一年的靴子，既不會變形、也不會綻開。如果你辦得到，把這塊牛皮拿走，裁一雙鞋給我；要是覺得辦不到，現在就告訴我。我先警告你，假如你做的靴子一年內綻開或走樣，我會把你抓去坐牢。但如果你做的靴子撐過一年，我就給你十盧布的報酬。」

賽門有點害怕，不知該說什麼，他瞄瞄麥可，悄悄用手肘碰他，小聲問：「我該接嗎？」

麥可點點頭，好像在說：「接了吧。」

賽門照麥可的意思接下這筆生意，開始製作這雙保證一年內既不變形也不裂開的靴子。

這紳士呼喚僕人，命令僕人把他現在穿的靴子脫下。他伸直了左腿。

「量量尺寸。」

賽門縫了十七吋長的紙版，以手撫平，蹲下身去，雙手先在圍裙上擦乾淨，免得弄髒這紳士的襪子，然後才開始丈量，先量鞋底、再量腳背寬度、然後開始量小腿肚、但他發現紙太短了。他的小腿肚厚實得像樑木一般。

「注意小腿部分不要太緊。」

賽門只得再縫一張紙版，這紳士伸伸襪子裡的腳趾頭，轉頭張望屋內的陳設，於是注意到麥可。

他問：「這人是誰？」

「這是我請的師傅。靴子由他來縫。」

這紳士對麥可說：「當心點，這雙靴我是要穿上一年的。」

賽門也看著麥可，發現麥可的目光不在這紳士身上，而是凝視著這人背後的一角，彷彿看到誰在那兒。麥可看了好一會，突然間露出微笑，神色變得開朗許多。

這紳士吼道：「傻瓜，你在笑什麼？留神點，靴子一定要在期限內完工。」

「一定會在期限內完成的。」麥可回答。

紳士說：「那就最好了。」然後他穿上原本的靴子，緊緊裹上毛大衣，朝門口走去。不過這次他忘記彎腰，一頭撞在門楣上。

他咒罵一聲，揉揉頭，然後坐進馬車就離開了。

他離開後，賽門說：「這人真夠厲害的，你就是拿根木槌也殺不了他。門樑差點給他撞壞，可是他卻像沒事一樣。」

馬歐娜也說：「照他過日子的方式，哪能不強壯？他硬朗得像塊巨石，死神也拿他沒辦法吧。」

7

這時賽門對麥可說：「好吧，工作都接了，但我們一定得注意別惹上麻煩。這塊小牛皮很貴，那人又暴躁，我們不能犯錯。來，你的眼力比較精、手藝也比我巧，你拿著這量版，把靴子形狀剪出來。我來把鞋面縫好。」

麥可聽話照做。他拿起皮革、攤開在桌面上、摺成兩半、拿起刀子開始切割。

馬歐娜走到他身旁看他切剪，十分訝異地發現他做法不比尋常。馬歐娜發現麥可切割的形狀不像靴子，而是裁成圓形。

她想開口，但又想：「大概是因為我不懂紳士靴的做法吧，我想麥可比較懂，我還是別管太多。」

麥可剪好皮革之後，拿了線來縫，但看起來又不像縫靴子，而是縫軟拖鞋那種只留一端線頭的方式。

馬歐娜再次感到納悶，不過她還是沒說話。麥可就這樣一直縫到中午。當賽門起身準備吃午餐時，他環視周遭，這才發現麥可竟拿紳士的皮革來做拖鞋。

「嗄！」賽門喉嚨裡咕噥了一聲，他想：「麥可跟著我整整一年了，從沒犯過錯，怎麼這次會捅這麼大的紕漏啊？那紳士明明就訂製長統靴，兩側加邊條，前邊的鞋面要完整包覆，現在麥可做的是軟拖鞋，只有一層鞋底，還浪費了這塊小牛皮。我要怎麼跟紳士交代啊？我一輩子也買不起這種皮革賠他。」

然後他對麥可說：「朋友，你在做什麼？你害死我了！你知道這人訂的是長筒靴，看看你做了什麼！」

他打算繼續訓斥麥可時，突然聽見門上的鐵環發出匡啷的聲響，有人在敲門。兩人往窗外瞧，原來是有人騎馬過來，正在繫馬。他們打開門，上次跟紳士一道來的佣人走進來了。

來人說：「早。」

賽門說：「早，有什麼可以為你效勞的？」

「我家女主人派我來講靴子的事。」

「靴子怎麼樣？」

「這個嘛，主人不需要靴子了，他死了。」

「怎麼可能？」

「他離開你這裡後，還沒到家就死了，死在馬車上。我們到家後，幾個佣人準備扶他下車時，他像個麻袋一樣咕嚕滾出來，早就死了，全身硬梆梆的，簡直沒辦法把他弄下車。所以女主人派我來傳話：『告訴鞋匠，跟他訂長筒靴還留了塊皮革給他們的那名紳士，不需要靴子了。叫他盡快替大體趕製軟拖鞋。你在那裡等，等拖鞋做好了就帶回來。』所以我才會來這裡。」

麥可理一理剩下的皮革，全數捲好，拿出他做好的軟拖鞋，鞋掌對鞋掌拍打了幾下，拉起圍裙將拖鞋擦乾淨，然後把拖鞋及剩下的小牛皮交給僕人。僕人說：「兩位再見，祝您今天愉快！」

8

年復一年，如今麥可已在此度過第六個年頭了，一切如常。他哪也不去，除非必要從不開口說話，幾年來只微笑過兩次——一次是馬歐娜拿食物給他、一次是紳士到訪那天。賽門對他的師傅滿意到不行，他再也不問他從哪裡來，只怕他開口說要走。

有一天，他們全都在家。馬歐娜把鐵罐放在爐裡烘，孩子們一邊沿著長凳追逐，一邊往窗外看，賽門靠窗縫紉，麥可在另一扇窗旁固定鞋跟。其中一個男孩跑向麥可，靠在他肩上，往窗外瞧。

「麥可叔叔，你看！那邊一位太太帶著小女孩，好像往這裡走過來呢。有個小女生是跛的。」

麥可聽他這麼說，便放下工作，轉頭向窗外，對著街上瞧。

賽門很驚訝，麥可從來不理會街上發生什麼事，現在他整個人靠在窗上，盯著某樣事物看。賽門也往外瞧，看到那名衣著齊整的女士真的往他小屋走來，一手牽一個小女孩，兩個都穿著皮大衣、裹著羊毛披肩。兩個小女孩模樣非常相似，但其中一個左腿有些跛，走路一拐一拐的。

這女人踏過門廊、走進通道、摸索著走了幾步找到門上的閂後，拉起門閂。開門後她讓兩個小女孩先進來，才跟在後面走到屋裡。

「好心人，您好！」

賽門說：「請進，有什麼可以幫你的嗎？」

這女人在桌邊坐下，兩個小女孩緊緊偎依在她膝旁，像是害怕這屋裡的人。

「我想給她們倆做皮鞋，春天要穿的。」

「沒問題，我們沒做過這麼小的鞋，不過要做是可以的，看是要貼邊還是做包頭鞋，用亞麻布滾邊。我這個師傅麥可，手藝好得很呢。」

賽門望向麥可，發現他放下工作，坐在位子上盯住這兩名小女孩看。賽門很驚訝，這兩個小女生的確漂亮，眼珠漆黑、體態豐腴、臉頰如玫瑰般紅潤，脖上繫著樣式好看的圍巾，穿著皮大衣，不過賽門還是不明白麥可為什麼這麼盯著她們瞧，像是早已認識她們似的。他滿腹狐疑，但還是繼續跟這女人說話，講定了價錢。談妥之後，他準備量尺寸。這女人抱起瘸腿的女孩，說：「給她量兩種尺寸，給跛的那隻腳做一隻鞋，正常的做三隻。她們倆是雙胞胎，腳一樣大。」

賽門量好尺碼，問道：「她為什麼會這樣？長得這麼漂亮，是生下來就這樣嗎？」

「不是，是被她媽媽壓斷的。」

這時馬歐娜插進來說話，她對這女人感到好奇，也想知道她們是誰的孩子，於是問：「所以妳不是她們的媽媽囉？」

「不，好心的女士，我不是她們的媽媽，也不是親戚，她們跟我非親非故，但我收養了她們。」

「她們不是妳的孩子，但妳還是那麼喜愛她們？」

「我怎麼能不愛她們？她們倆是喝我的奶水長大的，本來我也有個孩子，但神把他帶走了。我對他的愛還比不上對這兩個孩子。」

「那她們是誰的孩子？」

9

於是這女人把整件事說給他們聽。

「六年前她們的父母在一星期內相繼過世，父親星期二才剛下葬，媽媽在那個禮拜五也死了。也就是這兩個孩子在爸爸死後三天出生，她們的媽媽生下她們倆就撒手了。我先生跟我在村裡耕作，跟她們是鄰居，我們兩家的院子相連。她們的爸爸總是獨來獨往，是森林裡的伐木工人。有天在砍樹時，一棵樹往他身上倒，砸中全身，腸子都流了出來。其他人送他回來，但還沒到家他就斷氣了。幾天後她太太生了雙胞胎，就是她們倆。她又窮又孤單，身邊一個陪伴的人也沒有，自個兒生下小孩後，就孤零零的死了。

第二天早上我去看她，但走進屋裡就發現，這可憐的女人已經全身冰冷僵硬，死了有一段時間了。她死前滾到嬰兒身邊，壓斷了嬰兒的一條腿。村裡的人到小屋裡去，幫她洗淨身體，讓她躺平，還做了副棺材把她埋了。大家都是好人，但兩個嬰兒沒人照顧，該拿她們怎麼辦呢？那時只有我家裡有個嬰孩，剛出生八周，是我的第一個孩子，就這樣決定由我先照顧她們一段時間。

村裡的農人聚在一塊，想了好久也想不出辦法來，最後跟我說：『瑪麗，現在還是先由妳照顧她們，過些日子我們再做別的安排吧。』一開始我先餵健康的孩子喝奶，沒有餵跛腿的這個，我想她也活不了多久了。但之後我又想：『為什麼要讓無辜的人受罪？』我很同情她，開始餵她。就這樣，我餵他們三個喝奶，我當時身強體壯，可以給孩子很棒的食物，神賜給我這麼豐沛的奶水，有時甚至多到滿溢出來。我常一次餵兩個，讓第三個先等一下，等其中一個喝飽了，再餵第三個。而神的旨意是讓這兩個長大，我自己的孩子活不到兩歲就死了。我沒再生小孩，倒是生活好轉了，現在我丈夫在種穀物的商人開的磨坊裡工作，工資很好，我們過得不錯。只是我沒有自己的孩子，要是沒有這兩個小女生，我該多寂寞呢。我怎能不愛她們！她們給了我這麼多喜悅啊！」

她一手緊摟住跛腿小孩，抬起另一隻手擦乾頰上的淚水。

馬歐娜嘆了口氣，說：「俗話說得好：人可以沒有父母，卻不能脫離神而生活。」

他們繼續聊天，突然這間小屋彷彿有道夏日閃電劃過，光亮從麥可坐著的角落射出，每個人都朝他那邊看，只見他雙手交疊在膝上，往上凝視，臉上掛著微笑。

10

女人帶著兩個女孩走了。麥可從凳子上起身，放下活計，脫掉圍裙，然後對著賽門跟他妻子深深鞠躬，說：「再會了，老闆。神已經寬恕了我，這段時間如果有做錯的地方，我也要請你們原諒。」

夫妻倆看到麥可身上發出光芒，然後賽門站起來，對著麥可彎身行禮，說：「麥可，我看得出你不是尋常人，我不能強留你，也無法問太多。我只有幾件事不解，請你回答我：當我把你帶回家時，你悶悶不樂的樣子，但我太太給你食物，你對她微笑，整張臉變得明亮；當那名紳士來訂製靴子時，你再次微笑，變得更加開朗；而現在這女人帶著小女孩過來，你第三次微笑，整個人像白天一樣光亮明朗。告訴我，你的臉為什麼發出這樣的光，你又為什麼笑了三次？」

麥可回答道：「我會發光，是因為受到懲罰，但現在神已經赦免了我的罪。

我微笑了三次，是因為神派我下來了解三項真理。我看到你妻子憐憫我，這是第一個真理，所以我微笑；我看到那富人訂靴子，所以第二次微笑；如今我看到這兩個小女孩，我了解到第三個真理，所以我又笑了。」

於是賽門問道：「那你告訴我，神為什麼處罰你？這三個真理又是什麼？也讓我了解一下。」

麥可說：「神處罰我，是因為我違抗祂的命令。我本是天堂的天使，不顧神的旨意——祂要我來取一個婦人的靈魂。於是我飛到人間，看到一個女人剛生了一對雙胞胎女嬰，獨自躺在床上。嬰兒在媽媽身邊虛弱地動著，但她連抱起她們喝奶的力氣都沒有。當她看到我，就知道我是神派去的，準備帶她離開人間，於是流著淚說：『天使啊！我丈夫才剛死，被倒下的樹壓死的。我沒有姊妹、沒有阿姨、也沒有媽媽，沒人能幫我照顧孩子。請不要帶我走，讓我先照顧我的小寶寶，餵飽她們，讓她們可以獨立，再帶我走吧。小孩不能沒有爸媽的。』聽了這話，我不禁心軟，就抱起一個嬰兒放在她胸前、另一個放在她臂彎，獨自回天堂向天主報告。我飛奔到主面前，說：『我不能取走這媽媽的靈魂，她丈夫已經被樹壓死了，她還有一對雙胞胎，苦苦哀求我別帶她走。』

她對我說：『讓我照顧我的寶寶，把她們養大，看著她們成長。小孩是不能沒有爸媽的。』所以我沒帶她來。」主說：「去，去把那媽媽的靈魂帶來，然後去了解三項真理：人的心裡藏著什麼、人沒有什麼、人是依靠什麼而活。了解這些事以後，你就可以回天堂來。」

於是我又飛回塵世，來取這母親的靈魂。她原本牢牢抱住吸奶的寶寶，卻手一鬆，身體滾到床的一側，壓到了寶寶，把寶寶的腿壓斷了。我在村莊的上空往下望，準備接引她的靈魂，但一陣風攫住我，我的翅膀垂下、掉落，只見她的靈魂朝著神飄引上升，而我來到人世，降落在路邊。

11

現在賽門跟馬歐娜知道，這些年來受他們照顧、跟他們住在一起的人是誰了。他們倆懷著敬畏、喜悅的心情哭了。

這位天使說：「我一個人落在田野，身上光溜溜的。在我變成人之前，我從不知道人有需求，原來人會覺得冷，肚子會餓。那時我餓得要命，也快凍僵了，不知道怎麼辦才好。我看到越過田地不遠，有一座敬拜神的教堂，於是我往教堂走去，希望找個遮風蔽雨的地方。但教堂的門上了鎖，我進不去。我只好坐在教堂後邊，先擋擋風。天色很快變暗，我又餓又凍，覺得很難受。突然間我聽見有人走過來的聲音，他拿著一雙靴子，自言自語。這是我變成人以來，第一次看到人的臉，但我發現他的模樣蠻難看的，所以我撇過頭去。接著我聽到這人跟自己說話，要買衣服抵擋冬天的寒冷、還要養老婆孩子。我想：『我就快要餓死、凍死，但這人只想著怎麼給自己跟老婆做衣服穿、如何給一家人買麵包吃。他幫不了我的。』這人看到我，皺了皺眉，臉色變得更難看，經過我身旁，走到另一邊去。我開始感到絕望，但突然間又聽見他走回來的聲音，抬頭一看，發現這人整個變了樣子，剛才看他一臉死氣沉沉，現在卻充滿活力，我在他身上發現神的存在。他走向我、拿衣服裹住我、把我帶到他家去。我走進屋子，一個女人走向前來，開口說話了。這女人比這男人方才的樣子更嚇人，她一開口就散發出死亡的氣息。我聞到圍繞在她身旁的死亡的腐臭，簡直無法呼吸。她想把我趕出去吹風受凍，我知道要是她這麼做，非死不可。這時她丈夫跟她提到神，她馬上變得不一樣了。之後她拿食物給我、對著我瞧，我回看她一眼，發現死亡已離她而去。她重新活轉過來，我在她身上也看到了神。」

「這時我想起神要我了解的第一個真理：『人的心中藏著什麼』。我懂了！人的心裡有愛。我很高興神已開始顯現祂答應讓我了解的道理，所以我第一次微笑。但我只學了一課，我那時還不懂人缺少什麼東西、以及人是依靠什麼而活。」

「我住進你們家，一年過去了。有個男人來訂製馬靴，說至少得穿上一年，不能變形、也不准裂開。我看著他，突然看到死亡天使——我昔日的同伴——站在他後面。除了我，沒人能看見天使，而我知道，當天日落前，他會帶走這個有錢人的靈魂。於是我想到：『這人在規劃一年後的事，卻不知道自己天黑前就要死去。』我記起神說的第二句話：『了解人缺少什麼』。」

「人心裡有什麼，我已經知道了；現在我也明白人缺少什麼東西。人缺少的是：了解自己需要什麼的能力。所以我第二次微笑了。我很高興看到以前的天使同伴，當然，也很高興神對我啟示了第二項真理。」

「但我還是沒能明白全部的真理。我不知道人是依靠什麼而活。我繼續跟你們一塊生活，等著神給我上最後一課。等到第六年，這對雙胞胎姊妹跟著女人來到這裡，我認出這兩個小女孩，也聽到她們是怎樣活下來的。聽著那女人講故事時，我心想：『她們的母親苦苦哀求，要我看在孩子面上放過她，而我相信她所說的，小孩沒有父母活不下去。結果陌生人願意照顧她們，帶大她們倆。』當我看到這女人展現出對這兩個非親生孩子滿滿的愛，為她們流淚，我在她身上看見神的存在，也終於懂得人依賴什麼而活。我知道神對我揭示了最後一個道理，寬宥了我的過錯。所以我第三次微笑。」

12

天使顯露出裹在亮光之中的身軀，在場的人都睜不開眼，無法直視。他的聲音變得更宏亮，彷彿不是從喉嚨發聲，而是來自天上。他說：「我知道人靠著愛生活下去，不能只關注自己。」

「這媽媽不明白，孩子需要什麼才能繼續活下去，那有錢人也不知道他自己需要什麼——誰都不知道當夜晚來臨時，他需要的是一雙長靴，還是一副妝裹遺體的拖鞋。」

「我來到人間時能夠存活，並非因為自己照顧自己，而是由於一名路人的關愛，是因為他跟他太太憐憫我、關懷我。那對孤兒能活下來，不是出於母親的照顧，而是因為隔壁的婦人心中有愛。她原本是個陌生人，卻給予她們同情與關心。所以說全人類活下來，不是因為只考慮自身的好處，而是由於心中有愛。」

「過去我以為神賜人生命、希望他們好好地活，但我現在懂得更多了。」

「我以前認為，神不希望人類分開，所以祂不會對人揭示每個人需要的是什麼；如今我懂了，正因為祂期望眾人在一起生活，祂會對各人顯現出大家需要的是什麼。」

「我現在明白，雖然人看起來是自己照顧自己，但實際上，人是依賴愛而活。懂得愛的人，在神的懷抱中生活，神也在他身上彰顯神性，因為神就是愛。」

於是這天使唱出對神的讚頌，整間小屋都因歌聲而震顫。屋頂掀開了，一束火柱從地面直上雲霄——賽門跟他妻子、小孩撲倒在地——只見天使肩膀上生出雙翼，冉冉上升，沒入了天堂。
當賽門回神時，小屋屹立如昔，屋裡只有他們一家人，再沒有別人了。

傻子伊凡的故事

（還有他兩個兄弟，當軍人的希門與大塊頭特拉斯，以及啞巴姊姊瑪莎、老魔鬼跟三個小惡魔）

1

很久很久以前，某國某省住著一個有錢的農夫，生了三個兒子：老大希門是個軍人、老二特拉斯是個胖大個兒、老三伊凡是個傻子。此外農夫還有個既聾又啞的女兒瑪莎，沒嫁出去。希門跟隨國王作戰，特拉斯跟鎮上一個商人學做生意，伊凡跟姊姊待在家裡，辛勤耕種，經常連腰都直不起來。

希門輔佐有功，得到高官封地當作獎賞，有名貴族還把女兒嫁給他。他的軍餉豐厚、莊園廣闊，但收支總是無法打平，因為他貴族出身的妻子花錢如流水，他倆永遠覺得錢不夠用。

希門到莊園去收這一季的收入，但他的管家說：「收入要從哪裡來？我們不養牛、沒工具、沒馬匹、也沒有犁跟耙。我們得先買到這些東西，才有辦法開始賺錢。」

於是希門跑去找他爸爸，說：「爸，你很有錢，可是啥也沒給我。把你的財產分一分，給我三分之一，讓我搞好我的產業。」

但老人回答：「你給這個家帶來什麼了？我為什麼要分你三分之一？這樣

對伊凡跟女孩子不公平。」

希門反駁道：「只不過是一個傻子，跟一個又聾又啞、嫁不掉的老女人，他們要財產做什麼？」

老人說：「還是要聽聽伊凡的意見。」

結果伊凡說：「他要什麼就給他吧。」

就這樣希門拿走屬於他的那份家產，搬到自己的莊園，繼續伺候國王。

大塊頭特拉斯也賺了很多錢，入贅一名富商的家，但他還是覺得不夠。所以他也去找爸爸，對他說：「把我那一份給我。」

但老人依然不想給，回答說：「你什麼也沒帶回來，你看家中的東西都是伊凡賺回來的，我們怎能虧待他跟女孩子？」

特拉斯卻回答：「他需要什麼？他是個傻子！他不可能結婚，沒人想嫁他，啞巴姊姊跟他一樣，啥也不需要。嘿！伊凡，把一半收成給我。工具我不要，至於家畜，我只要那匹灰色的公馬，反正你種田，要牠也沒用。」

伊凡笑了，說：「拿去吧。我會好好工作，再多賺點回來。」

因此他們也把特拉斯那份給他，特拉斯派貨車來把穀物載走，也牽走了灰馬。現在伊凡只剩下一隻高齡母馬。他照常下田耕作，奉養父母。

2

老魔鬼實在火大，分家產一事居然沒能讓這三兄弟爭吵，事情和平落幕。他叫來三個小惡魔。

他說：「喂！這三兄弟本該大吵一架，結果現在居然什麼事也沒有，照舊愉快相處。這傻子伊凡毀了我的計畫。好了，你們三個快去搞定這三兄弟，務必把他們搞到煩惱不堪，恨不得把對方的眼睛挖出來為止。辦得到嗎？」

小惡魔齊聲回答：「遵命！」

「那你們預備怎麼做？」

「欸，我們先各個擊破，等他們都沒東西吃時，再讓他們聚在一起，三個人非吵起來不可！」

「很好！看得出來你們都知道該怎麼做。去吧，沒看到他們三個鬥得你死我活，不准回來。要是搞砸了，我就剝了你們的皮！」

三隻小惡魔回沼澤去商議，計畫該怎麼進行才好。他們吵了又吵，每個人都想要最輕鬆的任務，最後只好抽籤決定三兄弟各自由誰負責。如果誰先完成任務，就得去幫其他兩個。於是小惡魔抽了籤，說定下次會面的時間，以便了解誰進行得順利、誰需要幫助。

約定的時間到了，三個小惡魔如期赴會，大家輪流報告目前的情況。第一個小惡魔負責希門，他先說了：「事情進展得不錯，明天希門會回家一趟。」

兩個同伴問：「你怎麼辦到的？」

「首先我讓希門變得超級勇敢，主動對國王說要替他征服全世界，所以啦，國王任命他當將軍，派他去跟印度打仗。他們準備大幹一場，但開戰前一晚，我讓他營中的槍砲彈藥都受潮，然後替印度王做了數不盡的稻草士兵。希門的士兵一看到被這麼多稻草兵包圍，都嚇壞了。希門下令發射槍砲，但全都無法發射，於是他們更怕了，像一群綿羊四散奔逃，印度王把他們通通殺光。國王貶黜希門的官位，奪走他的莊園，明天就要處死他。我只要再做一件事，就是把他放出牢，讓他逃回家。明天以後，你們有什麼需要我幫忙的，儘管找我。」

接著第二個小惡魔——他負責對付特拉斯——開始說明進度。

「我也不需要幫忙，一切都蠻順利的。特拉斯根本撐不過一星期，我先讓他變得貪婪、肥胖，他看到什麼都想買，把全部的錢都掏出來，買了一大堆東西，還是停不下手。他已經開始跟人借錢了，欠下的債就像個大包袱勒在他脖子上，越滾越大，我看他是很難翻身了。他那些帳單一週後到期，在那之前我會先毀掉他全部的股票，讓他付不出錢，那時他非回家找爸爸不可。」

然後他們一齊問第三個小惡魔：「你怎麼樣？」

他回答：「這個嘛！我這邊情況很不妙。我先把口水吐到他喝的水裡，讓他肚子痛，然後我到他的田地上，不斷捶打土地，直到地面硬得像石塊才罷手。我想他肯定沒辦法犁土了，但他果然是個傻瓜，拿起犁頭動手犁出一畦田來，一邊耕田一邊唉唉叫，但還是不休息。我弄壞他的犁頭，他就回家再拿一把，繼續耕種。我鑽到泥土中，想握住犁頭讓他動不了，但根本抓不住！他使出全身力氣犁田，我的手一下子就劃出一道口子。他差不多要耕完整片田了，只剩一小塊而已。哥哥們，來幫我吧，假如我們不搞定他，所有的辛苦就都白費了。要是讓這傻瓜繼續耕種，他的兄弟就不虞匱乏，反正他會養活他們兩個。」

負責希門的那個小惡魔答應第二天去幫忙，然後他們就分開了。

3

伊凡把休耕地的土翻過一遍，只剩一小塊地還沒完成。他來到田裡想把工作做完。雖然肚子很痛，但他想得犁完土才行。於是解開馬具上的繩索，轉動犁頭，開始動工。他犁出一道畦溝，但回頭想再犁一次時，卻發現犁頭像被樹根卡住似的，十分難使，原來是小惡魔用自己的腿纏住犁頭，使勁往回拉。

伊凡想：「真奇怪！之前這裡沒有根，但現在好像被根絆住了。」

他把手伸入深深的溝土中，在土壤裡四處摸索，結果彷彿摸到某樣軟呼呼的東西，於是一把抓住、拽出來：黑黑的、像支草根，在他手中蠕動。什麼嘛，竟活捉了一隻小惡魔！

伊凡說：「好噁心！」正要舉起手把他甩到溝邊，這小惡魔尖叫出聲：

「別傷害我，你叫我做什麼我都照辦！」

「你能做什麼？」
「什麼事都可以。」
伊凡搔搔頭，說：「我肚子痛，你會治嗎？」
「當然可以。」
「那好，替我治吧。」
這小惡魔重又鑽進溝畦，小爪子這邊抓抓、那裡抓抓，從地下拉出捲成一束的三支小草根，遞給伊凡。
「喏，只要吞下其中一支，就百病全消。」
伊凡拿起這束小草根，一一分開，吞下其中一支。肚子果然馬上不痛了，於是這小惡魔拜託他放了他，說：「我會馬上跳進土裡，絕不再回來。」
「好，去吧，願神與你同在！」
一聽見神的名號，小惡魔立刻跳進地底，如同投進水中的一顆小石子，消失不見了，只見地上留下一個洞。
伊凡把另外兩支草根放進帽子，繼續犁地。眼看這片地已犁完，他倒轉犁頭放好，轉身回家。到家後，他鬆開馬韁，走進屋裡，發現哥哥、嫂嫂在吃晚餐。希門全部產業均遭充公，他好不容易才從牢裡逃出來，如今打算回老家住。

希門見到伊凡，開口道：「我來跟你們一塊住。你要養我跟我太太，直到我找到新官職。」

「好啊，跟我們一起住吧。」

但當伊凡準備坐下時，他太太皺著鼻子說：「我沒辦法跟又髒又臭的農夫一起吃飯。」

於是希門說：「我太太說你氣味難聞，我看你最好去外面吃。」

伊凡說：「好，反正我今晚要待在外面，放母馬出來吃草。」

他拿了塊麵包、抓起外套，帶著母馬走到草地上去。

4

負責希門的那個小惡魔當晚完成任務後，依照先前所說，來找對付伊凡的小惡魔，幫他解決這傻子。他來到田地，來來回回地找，但沒見到同伴，只看到一個洞。

他想：「不用說，我的同伴遭到厄運了。只有輪到我出手了。看來這塊田已經犁過，現在就去牧草地找那傻瓜算帳。」

這小惡魔使壞，讓伊凡的草地淹大水，草上濕黏黏的全是泥巴。

伊凡凌晨時回到家，磨利鐮刀，準備割草。他只揮動了鐮刀一兩下，覺得刀頭揮下去就偏一邊，需要再磨利一點。伊凡又試了一會，對自己說：「沒用，我得回家拿個工具來敲直這把刀，順便拿塊麵包。不把草割完我絕不離開，就算要在這待上一星期也一樣。」

這小惡魔聽了這話想：「這傻瓜真難纏！這法子不靈，我得想想別的辦法。」

伊凡再度回到草地，把鐮刀磨得更銳利，開始除草。這小惡魔爬入草堆，抓住鐮刀末端，把刀鋒插入土地裡。伊凡覺得幹起活來非常不順手，但還是把整片雜草除完，只剩下沼澤那一小塊。這小惡魔爬到沼澤哩，心裡想著：「就算砍掉我的爪子，我也絕不讓他除草。」

伊凡來到沼澤邊，這片草看起來不算厚，但不知怎的就是割不下去。伊凡開始冒火了，使出全身力氣揮舞著鐮刀。小惡魔看出這事兒不好辦，只得讓步，連爬帶滾地鑽進一旁的草叢。伊凡用力揮動鐮刀，往草叢裡一砍，切掉了這小魔鬼半截尾巴。接著他繼續割草，叫姊姊把這堆草耙在一處，自己又跑去收割黑麥。他握著鐮刀走過去，但這尾巴掉了半截的小惡魔先到了那裡，把這堆黑麥搞得一團糟，鐮刀根本使不上勁。但伊凡只是回家，換了把頭彎彎的小鐮刀，繼續收割黑麥，把全部的黑麥都收割完了。

他說：「好啦，現在輪到燕麥了。」

短尾巴小惡魔聽到這話就想：「我沒辦法阻止他收割黑麥，不過這回我一定有辦法。明天早上走著瞧唄！」

隔天一早，小惡魔急匆匆趕到燕麥田，但燕麥全都收割完畢啦——伊凡趁著晚上通通收割完，這樣就不會掉出太多穀粒。小惡魔生氣了。

「他把我割得渾身是傷，又累得半死，這傻瓜！跟他鬥簡直比打仗還累，這該死的傻子都不睡覺的，誰受得了哇！我要鑽進這些麥堆裡，搞到霉爛為止。」

就這樣小惡魔潛進麥堆中，在一束束的麥稈間爬進爬出，麥子果然開始腐爛。他給麥子摩擦生熱，自己也變得暖呼呼的，不久就睡著了。

伊凡給馬套上馬具，帶著姊姊一道來載黑麥。他走近耙成一堆堆的麥堆，開始叉起麥稈，扔進馬車中。他叉起兩束麥稈後，持著長叉往下一叉，恰恰叉中小惡魔的背。他舉起一瞧，叉尖上掛著一隻活生生的小惡魔，截去一段的短尾巴、全身蠕動個不停，正奮力想往下跳呢！

「嘎！你這噁心的東西，怎麼又是你？」

這小惡魔回答：「我是另外一個，你第一次見到的是我兄弟，我是負責你哥哥希門。」

伊凡說：「不管你是誰，你的下場也是一樣！」

他正準備把這小惡魔甩到馬車外，這小魔鬼大叫：「放了我吧！我不但不再來煩你，你吩咐我做什麼，我都照辦。」

「你能做什麼？」

「我可以幫你變出士兵，不管你想拿什麼變都行。」

「但他們有什麼用？」

「你想讓他們幹什麼就幹什麼，他們會聽你的話。」

「我想聽他們唱歌。」

「可以，如果你想叫他們唱的話。」

「好吧，那你替我變幾個出來。」

於是這小惡魔說：「喏，拿起一捆黑麥，直接用力往地上敲，只要說：

『麥子啊！

你是我的奴隸，我命令你：

把原本的麥稈變成

士兵，讓我看見！』」

伊凡拿起一捆麥子，往地面狠狠地敲，把小惡魔教的話說了一遍。只見這麥束分成兩排，所有的麥稈都變成了士兵，吹喇叭的小兵跟鼓手站在最前面，好一個陣容齊整的兵團哪！

伊凡笑了。

「真是聰明！很不錯，女孩子們看到了會有多高興哪！」

這小魔鬼問：「我可以走了吧？」

伊凡說：「不行，我要拿打過穀粒的麥稈來變士兵，不然好好的穀粒不就浪費了？你教我怎麼再把它們變回麥束，我要先把穀粒打出來。」

這小惡魔說：「跟著我唸：

『本來是士兵的，

現在再變成麥稈吧！

我的好奴隸啊，

快快聽令！』」

伊凡照說了一遍，這群士兵又變回了麥束。

小魔鬼又開始懇求：「現在放了我吧！」

「好吧！」伊凡把他壓在馬車的一側、用一隻手按住、然後把他從叉尖上拉出來。

「願神與你同在！」伊凡說。

神這字才剛出口，這小惡魔就跳進土裡，就像石頭扔到水中一般。只見地上留下一個洞。

伊凡回到家，看到另一個哥哥特拉斯跟他太太也回來了，正坐著吃晚餐。

大塊頭特拉斯還不出錢來，躲開一群債主，跑回父親的老家來。他見到伊凡便說：「喂！在我重新開始做生意以前，我跟老婆要住在你這裡。」

「好啊！如果你要就住下來吧。」

伊凡脫下外套，坐下來準備用餐，但商人二哥的老婆說：「我不想跟這怪模怪樣的人坐在一塊吃，他全身都是汗臭。」

大塊頭特拉斯也說：「伊凡，你身上味道太重了，去外面吃吧。」

伊凡回答：「好吧！」他掰了幾塊麵包，走到後院去。「反正我也該出去餵馬吃草了。」

5

負責搞定特拉斯的小惡魔因為任務完成，那晚也沒事，就照先前說好的，來幫同夥搞定伊凡這傻瓜。他來到田裡，四處尋找同伴，但看不到半個鬼影子，只找到一個小洞。他又跑去牧草地，發現沼澤裡有一截尾巴，黑麥垛裡也有個洞。

「唔，顯然我的同伴們踢到鐵板了。」他想道：「我必須代替他們，收拾這傻子。」

於是小惡魔跑去找伊凡，他已經把收割完的穀物堆好，現在在樹林裡砍樹。因為他兩個哥哥開始覺得住在一起十分擁擠，叫伊凡去砍些樹木，替他們蓋新房屋。

小惡魔跑進樹林，爬到樹枝上，就是不讓伊凡把樹砍下來。伊凡從樹木下圍開始砍，好讓樹木能完整倒下，誰知這樹倒下時卻歪了一邊，倒在一堆樹枝當中。伊凡砍了根樹枝當棍子，想把樹拖到一旁，他費盡力氣才把樹木平平整整地拉到地面。他繼續砍第二棵，但同樣的事又發生了，他使出全身力氣，也沒辦法砍下。然後是第三棵，這回情況依然沒變。

伊凡本想砍下五十棵小樹的，但還砍不到十棵樹，就發現天黑了，他也累壞了。他全身流汗，熱氣蒸騰，在林子裡形成一道水霧，但他毫不鬆手，繼續埋頭幹活。他又砍下一棵樹，但開始覺得背痛，痛到站不穩。他把斧頭插進樹幹，坐下休息一會。

這小惡魔看到他不再幹活，心裡一陣高興。

他想：「總算！他累壞了。看來他準備放棄了，我也要來休息一下。」

他跨坐在一根樹枝上，開始咯咯笑。只見伊凡站起身來，拉出斧頭，用力揮砍，繞到樹木另一面下手。力道之大，這樹立刻筆直倒下。小惡魔沒料到還有這招，根本來不及跑，就被倒下的樹壓到了腳掌。然後伊凡動手砍下樹椏，這才看到一隻活生生的小惡魔正吊在樹上呢！伊凡十分驚訝。

「咦，你這噁心的小東西，又來了你！」

小惡魔說：「我是另外一個啦！我是負責你兄弟特拉斯的。」

「管你是誰，都是一樣的下場！」伊凡說著，邊揮舞斧頭，打算用斧柄敲他，但這小惡魔苦苦哀求道：「別打我，你叫我做什麼都行。」

「你會做什麼？」

「我可以替你造錢！你要多少有多少。」

「好吧，那就造點錢出來。」

這小惡魔教他怎麼造錢。

「從這棵橡樹上拿幾片葉子，然後放在掌心裡搓搓，就會有黃金掉到地上囉。」

伊凡拿了幾片樹葉，開始揉搓，果然看到黃金從掌縫掉下來。

「這東西不賴，可以讓那些傢伙放假時好好玩一玩。」

「現在放我走了吧！」小惡魔說。

「好，」伊凡邊說邊伸出棍子，救出小惡魔。「現在走吧！神與你同在！」神這字才剛剛說出口，這小惡魔馬上躍進地底，像一顆石頭投入水中。只見地面上有個洞。

6

就這樣三兄弟造了新房，各自居住；伊凡也忙完農收、釀了啤酒、邀請哥哥們過來一道過節。兩個哥哥都不肯來。

兩人都說：「農人的慶祝活動我們才沒興趣咧。」

於是伊凡招待了農夫跟他們的太太，不停地喝，直到相當醉了。然後他上街，遇到一群舞者，他要這群女舞者為他唱一首歌，當作向他致意：「我會給你們看一樣東西，絕對是你們沒看過的。」

女人們笑了，開始唱歌讚美他，唱完時，她們說：「快把禮物給我們吧。」

他說：「我要直接拿出來。」

他拿起種籽籃，跑進樹林裡。女人們都笑了，紛紛說：「這人是個傻子！」

然後她們開始聊別的事。

但沒多久伊凡就跑回來，籃子裡似乎裝著很重的東西。

「你們要嗎？」

「要！給我們吧。」

伊凡抓了一把黃金，擲向這群女人。你應該看看她們拚了命去搶的樣子！就連站在一旁的男人也開始爭奪，甚至從別人手裡一把搶過。一名老婆婆險些被人撞死。伊凡笑了。

他說：「咳，你們真傻！為什麼要撞這個老奶奶啊？安靜點，我再多給你們一些。」他又丟了些給眾人，全部的人都圍攏上來，於是伊凡把手裡的黃金盡數扔給他們。眾人還想要更多，但伊凡說：「現在沒有了，下次我再給你們一些。現在我們來跳舞吧，你們把會唱的歌唱給我聽。」

女人們開始唱。

伊凡說：「妳們的歌不怎麼樣。」

她們問：「哪裡有更好的歌？」

「我現在就唱給大家聽。」

他跑進穀倉，拿了把麥束，使勁甩了兩下，讓麥束直立，再用力擊打地面。

「聽好了！」他說：

「麥子啊！你是我的奴隸，

我命令你：

把原本的麥稈變成

士兵，讓我看見！」

麥束馬上分成兩排，變成許許多多的士兵，喇叭跟鼓也開始奏樂，伊凡指揮小兵演奏、唱歌，帶著他們走上街，圍觀的人都十分驚嘆。這群士兵邊奏樂邊唱歌，然後伊凡（不讓任何人跟著他）又帶領他們回到先前擊打麥子的地方，再把他們變回麥束，重新扔回原本的地方。

接著他就回家了，躺在馬廄裡睡覺。

7

當軍人的希門第二天一早就聽說了這些事，來找他弟弟。

「你跟我說，你是從哪裡弄來那些士兵的？現在又把他們弄哪去了？」

「這跟你有什麼關係？」

「跟我有什麼關係？喂，手裡要是有兵，什麼事都能做，甚至可以打下一個王國。」

伊凡想了想。

「真的！你之前為什麼不跟我說？你要多少我都可以變給你。幸好我跟姊姊已經打出很多穀粒了。」

伊凡帶著大哥來穀倉，說：「你看，我要是變些士兵給你，你一定要立刻帶他們離開，要不然我們得餵飽他們，整個村子不到一天就被他們吃垮了。」

希門保證會帶他們離開，於是伊凡開始變士兵。他拿起麥束拍打地面，接著一隊小兵出現了。他又拍打另一捆麥束，第二隊小兵又出現了。他變出了陣容浩大的隊伍，外面的空地站滿了士兵。

他問：「這樣夠了嗎？」

希門大喜過望，說道：「夠了！伊凡，謝謝你！」

伊凡說：「好，如果你想要更多兵，回來找我，我再變給你。這一季的麥稈還算多。」

身為軍人的希門立刻發號施令，點兵校閱，接著便出發跟別人打仗去了。

希門前腳剛走，大塊頭特拉斯就來了。他也聽說了昨天發生的事。他對弟弟說：「給我看你是怎麼弄出黃金的！要是我能有一些當資本，我就可以讓它生出全世界的錢。」

伊凡非常驚異。

他說：「真的！你應該早點告訴我的。你想要多少我都可以變給你。」

他哥哥很高興。

「先給我滿滿的三籃吧。」

伊凡說：「好，跟我到森林去吧。不然這樣，我們騎馬去好了，因為你沒辦法扛這麼多。」

他們騎馬來到森林，伊凡開始搓橡樹葉，轉眼間變出高高的一堆金幣。

「這樣夠了嗎？」

特拉斯高興得不得了。

「目前應該是夠了。謝謝你，伊凡！」

「那好，如果你想要更多，就回來找我。這兒多的是葉子。」

大塊頭特拉斯把金幣通通聚攏，放滿一整車，然後出外經商去了。

就這樣兩個哥哥離開了家鄉，希門去打仗、特拉斯出外做買賣。當軍人的希門給自己打下一座王國，大塊頭特拉斯經商也賺了許多錢。

兄弟見面時，希門說出自己如何得到士兵、特拉斯則解釋他是怎麼拿到錢。希門跟弟弟說：「我已經打下一個王國，住的地方十分堂皇，但我沒有足夠的錢養士兵。」

特拉斯也說：「我也賺了很多，但問題是沒人能替我看守這麼多的錢。」

於是當軍人的希門說：「那我們去找弟弟吧。我來叫他多變些士兵，替你看守錢財；你就叫他多變些錢，好給我養士兵。」

之後他們駕著馬車來找伊凡，希門說：「親愛的弟弟，我的士兵不夠用，再拿幾朵草堆替我變出兵來吧。」

伊凡搖搖頭。

「不！我不會再變士兵了。」

「但你以前答應過，願意替我變的。」

「我是答應過，但我現在不要再變了。」

「傻瓜，為什麼不要？」

「因為你的士兵殺了一個人。幾天前我在路旁耕地，看到一個婦人坐在馬車上，車上放著一副棺材，正在哭泣。她說：『希門的士兵打仗時殺了我丈夫。』我原本以為這些士兵是用來吹鼓號的，現在他們殺了人。我不會再給你更多兵了。」

他說到做到，不肯再變士兵出來。

大塊頭特拉斯也開始懇求伊凡，再多給他一些金幣。但伊凡又搖搖頭。

「不！我不會再變了。」

「你不是答應過嗎？」

「我是答應過，但我現在不願再變了。」

「傻子，為什麼不願意？」

「因為你的金幣帶走了邁克女兒養的那頭母牛。」

「怎麼說？」

「就是帶走啦！邁克的女兒養了頭母牛。她的孩子每天都要喝牛奶，可是前幾天她的小孩跑來找我要牛奶喝。我問他們：『你們家的牛呢？』他們說：『特拉斯的管家來我們家，給了媽媽三個金幣，把牛帶走了，所以我們現在沒得喝了。』我本來以為你只是要拿金幣玩玩，但你居然拿走孩子們的母牛。我不會再給你了。」

伊凡說到做到，不肯給他更多金幣。於是兩兄弟走了。他們邊走邊商量要怎麼解決眼前的問題。希門說：「喂，這樣吧。你給我錢，讓我養士兵，我給你一半的王國跟足夠的兵，替你看守財產。」特拉斯同意了。於是兩兄弟把各自財產均分，兩人都當上國王，兩個都很有錢。

8

伊凡住在家裡，奉養父母，跟啞巴姊姊一塊工作。不久院子裡的母狗開始害病，全身長滿疥癬，快要死了。伊凡覺得牠很可憐，就跟姊姊拿些麵包，放在帽子裡，拿到外面扔給那狗吃。但帽子破了，第一個小惡魔送的治病小草根隨著麵包掉在地上，這隻老狗把掉下的東西全吃下肚。只見牠才剛吞下，就開始跳躍、嬉戲，邊吠邊搖尾巴。簡單地說，就是病全好了。

伊凡的父母見到這情景，都很驚訝。

他們問道：「你怎麼治好這狗的？」

伊凡回答：「我之前拿到兩支小草根，可以醫治任何疼痛，牠吃了一根。」

不久前發生了一件事，那就是公主生病了，國王諭令全國，消息在每一個鄉鎮、村莊間傳布：治好她的人會得到獎賞，若是尚未婚配的年輕男子能治好國王女兒的病，可以娶她為妻。伊凡的村莊裡同樣頒布了這則消息。

他父母叫伊凡來，對他說：「你聽到國王頒布的消息了嗎？你說你有一支小草根可以治任何病症。去醫治國王的女兒吧，你會一輩子快樂的。」

他說：「好啊。」

於是伊凡準備上路，他父母給他穿上最好的衣服。但當他走出門外時，他遇到一名乞丐模樣的婦女，一隻手是殘廢的。

「我聽說你會治病。我求你治好我的手臂吧，因為我連自己穿鞋都沒辦法。」

伊凡說：「好。」然後把這支草根給了這婦人，要她吞下。她吞下後就痊癒了，手臂立刻活動自如。

這時他父母出門，準備陪著伊凡去見國王，但當他們知道草根已經送給別人，而伊凡已經沒有東西可以醫治國王的女兒時，他們開始罵他。

「你可憐一個乞丐，難道你不同情國王的女兒嗎？」伊凡當然也很同情公主。

於是他給馬套上馬具，用麥稈鋪好座位，然後駕著車走了。

「你要去哪裡啊，傻子？」

「去給國王的女兒治病。」

「可是你不是沒東西可以治了嗎？」

「不要緊。」伊凡說著就駕車走了。

他來到國王的王宮，才剛踏進宮殿，國王女兒的病就好了。

國王不勝欣喜，叫人把伊凡帶上來，給他穿上細緻高雅的禮服。

「做我的女婿吧？」

伊凡說：「好啊！」

於是伊凡跟公主結婚。老國王沒多久就死了，伊凡便當了國王。現在三兄弟都是一國之君了。

9

三兄弟統治國家。原本是軍人的希門把國家治理得很興盛。他那群麥稈變成的士兵抵得過真正的兵士。他通令全國，每十戶人家要徵一名士兵，每個兵都是身材高大、模樣乾淨。他把這些兵士集合起來，加以訓練，一旦有人違抗命令，他就派他們去征伐，沒人敢攔他，因此大家開始心生畏懼，他的日子也過得很舒服。他看上什麼東西，那東西就是他的。他叫士兵去打仗，他們便帶回他想要的一切。

大塊頭特拉斯也過得非常舒適。他沒有浪費從伊凡那裡得到的錢，反而增加了數倍。他運用法律與秩序，把國家治理得井井有條。他把錢放進保險箱保管，又向人民徵稅，制定了人頭稅，逐項徵收，步行或開車要收過路費，賣鞋襪或修改衣服也要納稅。他看上什麼東西，那東西就是他的。人們為了賺錢，他想要什麼都肯給他，還替他工作。因為每個人都想賺錢嘛。

伊凡這傻子，過得倒也不壞。老國王才剛下葬，他就脫下一層又一層的皇家袍子，交給妻子放進衣櫥裡，然後自己套上粗麻襯衫、短褲跟農夫鞋，重新開始幹活。

他說：「實在太悶了。我變胖了，胃口變差，睡得也不好。」於是他把父母跟啞巴姐姐請來跟他一塊住，像往常那樣工作。

人們對他說：「可是你是國王啊！」

他回答：「沒錯，但國王也要吃飯。」

有個臣子來找他，說：「我們沒錢付薪水了。」

他說：「沒關係，那就別付。」

「這樣就沒人肯留在崗位上做事了。」

「好啊，那就不要做。他們就會有更多時間工作，該清理的地方多著呢，讓他們去載堆肥。」

有人來找伊凡審理事情。

其中一個說：「他偷我的錢。」

伊凡說：「沒關係啊，那表示他需要錢。」

於是大家都知道伊凡是個傻子。

他妻子對他說：「大家都說你是個傻子。」

「是喔。」

他妻子左思右想，但她自己也是個傻子。

「我應該不顧丈夫的意思嗎？畢竟嫁雞隨雞，嫁狗隨狗，這才對嘛！」她這麼說。

所以她也脫下了公主的衣飾，收進衣櫥裡，去跟啞巴姑娘學習怎麼幹活。她知道怎麼工作後，就開始幫她丈夫。

就這樣，聰明人都離開了伊凡的王國，留下來的都是傻子。

沒人有錢。大家生活、工作，填飽自己的肚子，也讓別人吃飽。

10

老魔鬼等了又等，只等著小惡魔帶來好消息，說已經毀了他們三兄弟。可是什麼音訊也沒有。因此他親自出發，打算問個清楚。但他找了又找，沒找到這三個小惡魔，只見到三個洞。

他想：「很顯然他們陣亡了。我得親自出馬。」

於是他去找這三兄弟，但他們都已離開原來的地方，他發現他們各自在不同的王國，還都當了國王。老魔鬼對此異常惱怒。

「嗯，我得親自動手了。」

他先去找希門國王——不是以自己原本的模樣，而是喬裝成一名將軍，駕車來到希門的宮殿前。

「希門國王，我聽說您是位偉大的戰士，我也懂得打仗，我很想在您麾下做事。」

希門國王問了他幾個問題，發現他是個極具聰明智慧的人，於是讓他留下。

這位新指揮官開始教希門國王如何組織強大的軍隊。

「首先，」他說：「我們必須徵召更多兵士，您看您的王國裡許多人都沒工作。我們得徵召所有的年輕人，無人例外。這樣您就擁有比先前多出五倍的兵。第二，我們必須擁有新的槍枝大砲，我介紹您一種來福槍，一次可發射一百顆子彈，啪啪啪像豆子似的。還有一種火力強大的大砲，不管是人、是馬，還是牆，都能炸得精光。這種大砲可以燒毀一切！」

希門國王聽信了這新指揮官的話，便下令全國年輕人都得加入軍隊，蓋起好幾個新工廠，大量製造改良後的槍械巨砲。之後他很快宣布對鄰國開戰。兩軍交鋒時，希門命令士兵拿槍掃射，幾尊巨砲也火力全開，一下子就燒殘了半支敵軍。鄰國的國王十分懼怕，立刻投降，獻上王國。希門國王十分欣喜。

「好！下一步我要征服印度。」

但印度王聽說了希門國王的事，把他發明的新武力都納為己用，還增加了些新策略。他不但徵召國內所有年輕人，連未婚女性也編入軍隊，軍容之盛超過了希門。他模仿打造了希門國王的來福槍跟大砲，還發明了由高空往下丟擲砲彈的新方式。

希門國王出發，去跟印度王打仗，滿心以為會戰勝，就像之前打敗另一個國王一樣。但不管多銳利的刀鋒都有變鈍的一天。印度王根本不讓希門的軍隊靠近印度軍，而是派一群女兵從上方對希門的軍隊投擲炸彈。女兵們扔出的炸彈如大雨落下，希門的軍隊就像蟑螂吃到了硼砂，紛紛倒斃不起。士兵們全都跑光了，沒人理會希門國王。於是印度王拿下希門國王的王國，希門喬裝成小兵，飛也似地去逃命。

解決掉大哥後，老魔鬼接著去找特拉斯國王。他扮成一個商賈，在特拉斯的王國裡住下，開門做生意，還開始花錢。每樣東西到他那裡都能拿到好價錢，大家趨之若鶩，紛紛跑到他那裡去換錢。因為這麼多錢在人群裡流通，他們繳稅不再拖延，連積欠的稅款也都付清。特拉斯國王高興極了。

他想：「多虧了這個新來的商人，我的錢比以前更多，生活也會比以前更舒服。」

特拉斯國王開始構思新計畫，動工起造一間新宮殿。他貼出布告，要人民搬來木材、石頭，順便替他做事。每樣東西他都訂下好價錢。特拉斯國王原本以為大家會像過去那樣，一窩蜂跑來替他工作，但叫他吃驚的是，每件木材跟石塊都送去給那商賈，所有人都到那裡去工作。特拉斯國王把價錢調高，但商人總能出比他更好的價錢，次次都贏他。

國王興築宮殿的事停擺了，動不了工。

特拉斯國王打算整頓花園。秋天到了，他要求民眾來替他的花園種植花草，但沒人來。全部的人都替那商人挖池塘去了。冬天來臨時，特拉斯國王想買黑貂毛皮做件新大衣，他派人去買，但派去的使者回來稟報說：「買不到黑貂毛了。那商人搜購了所有的毛皮，他給了最棒的價錢，拿毛皮來做地毯。」

特拉斯國王想養些種馬，他派人去買，使者卻回來稟報：「那商人買走全部的好馬，牠們正替他馱水，填滿他家的池塘。」

國王沒有一件事做得成。沒人要替他工作，因為每個人都忙著替那商賈做事，他們只肯把從商人那裡賺來的錢，繳稅給國王。

國王徵收了太多錢，根本無處存放，他的日子開始變得不好過。他不再訂定新計畫，只求能活下去便感到滿足，但如今連這一點也難以辦到。他變得什麼都沒有，廚師、馬車伕、僕人，一個個離他而去，轉而投向那商人懷抱。沒多久，他連食物都沒得吃。當他派人到市場上買個什麼回來時，什麼也買不到了——那商人買走所有東西，人民只肯納稅給國王。

特拉斯國王動怒了，把商人逐出國家。但這商人遷到國境的另一邊居住，情況仍然一如以往。人們還是想賺這商人的錢，所有東西都拿去賣給他，不肯賣給國王。

特拉斯國王的情況委實不妙，一連數日他一口食物也沒吃，甚至還傳出流言，說那商賈願意買下國王！特拉斯國王害怕起來，不曉得怎麼辦才好。

這時，變回小兵的希門跑去找他，說：「快幫我，印度王把我打敗了。」

但特拉斯國王已經頭昏腦脹，聽不清哥哥說的話了，他只說：「我自己啊，已經連續兩天沒吃東西了。」

11

老魔鬼搞定這兩兄弟後，準備對伊凡下手了。他喬裝成將軍的模樣，來到伊凡面前，開始遊說他應該培養一支軍隊。

他進言道：「沒有軍隊，實在有失國王的身份。只要您吩咐一聲，我會從您的人民中挑選士兵，組成軍隊。」

伊凡同意了。他說：「好啊。組一支軍隊，好好教他們唱歌。我喜歡聽他們唱。」

於是老魔鬼徵召伊凡國家的人來當兵，告訴他們快去從軍，每人可以得到一夸脫的酒跟一頂質料上好的紅帽。

人們都笑了。

大家都說：「我們有足夠的酒可以喝，是自己釀的。帽子嘛，女人會做各式各樣的帽子，有的上面還有條紋加流蘇呢。」

所以沒人要當兵。

老魔鬼來找伊凡，對他說：「那群傻子都不肯當兵，我們得逼他們當才行。」

「行啊，你可以試試看。」

老魔鬼貼出布告，上面說每個人都得當兵，違抗的人就會被伊凡處死。

人們來找將軍，說：「你說如果不當兵，我們就會被國王處死，可是你沒說如果我們真的來當兵，會發生什麼事。我們聽說上戰場可能會死的！」

「是的，這事免不了。」

其他人聽到這說法，都執意不去。

他們說：「我們不會去的，要死也寧可死在家裡。反正不管怎麼做都得死。」

老魔鬼說：「傻子！通通都是傻子！士兵可能會戰死，也可能不會，但若你們不去，伊凡國王一定會殺了你們的。」

人民覺得困惑，跑去見傻子伊凡，問他的意思。

「現在來了個將軍，他說大家都得當兵，還說：『如果你們去當兵，可能會死也可能不會，但如果不肯去，伊凡國王一定會殺了你們。』這是真的嗎？」

伊凡笑了，說：「憑我一個人，哪有可能把你們通通處死？假如我不是這麼傻的話，我就會解釋給你們聽，但偏偏我也是個傻子，我也聽不懂他的話呢。」

他們說：「那我們就不去了。」

伊凡說：「好啊，那就別去。」

於是人們去見將軍，表示不肯當兵。老魔鬼知道這遊戲玩不下去了，於是去找泰拉坎國的國王。

「來打仗吧！」他說，「攻下伊凡國王的國家。雖然是沒什麼錢，不過那裡出產各種穀物、牛隻、還有很多別的東西呢。」

泰拉坎國國王被說動了，準備開戰。他召集了一支精兵，安排好槍械大砲，浩浩蕩蕩往前線進擊，入侵伊凡的王國。

民眾紛紛來見伊凡，說：「泰拉坎國的國王來跟我們打仗了。」

「沒關係！」伊凡說：「讓他來吧。」

泰拉坎國國王跨越了前線，派哨探先去查看伊凡的軍隊。他們找了又找，就是找不到軍隊！這些哨探等了又等，但一個敵兵也等不到，完全見不著軍隊的蹤影。這樣是要跟誰打仗？泰拉坎國國王決定派兵攻佔村莊。一群士兵來到村中，只見村中的人，男男女女都跑了出來，訝異地瞪著他們瞧。士兵拿走他們的穀物與牛隻，村民就讓他們拿，毫不反抗。士兵們往下一個村莊前進，同樣的事再次發生。一天、兩天過去了，士兵一路前行，每個村莊情況都一樣。他們要拿什麼，這兒的人都讓他們拿，沒有人抵抗，反而邀他們一塊住。村民都說：「可憐的傢伙，如果你在自己的國家待不下去，為什麼不來跟我們待在一塊？」

這群士兵繼續前行，依舊看不到軍隊，只見到這裡的人生活著，餵飽自己也讓別人吃飽，見到他們來也不抵抗，反倒邀請他們住下來。兵士們覺得太沒意思了，於是去找泰拉坎國國王，對他說：「這裡沒辦法打仗，讓我們去別的地方打吧。戰爭沒什麼，但這是什麼情況？等於是在跟一群窩囊廢打架！我們不想繼續在這裡打仗了。」

國王聽了勃然大怒，下令士兵入侵整個伊凡的王國，摧毀村莊、燒掉穀物跟房舍、砍殺牛隻。他說：「你們若不聽我的號令，我就把你們通通處死。」

士兵們聽了十分驚駭，就照國王的旨意去做。他們開始燒毀房舍、作物，屠殺牛隻。但這群傻子依然不抵抗，只是哭泣。老人哭了、老婦人哭了、年輕人也都哭了。

他們問：「你們為什麼要傷害我們？為什麼要糟蹋這些好東西？如果你們需要，為什麼不拿去自己用？」

最後這群士兵再也受不了了，他們不肯再打下去，於是解散了隊伍，各自逃走了。

12

老魔鬼不得不放棄這招。他沒辦法利用士兵打敗伊凡，於是他變裝成優雅的紳士，在伊凡的王國裡住下。他打算用錢財來打敗他，就像之前打敗大塊頭特拉斯那樣。

他說：「我希望為你們做件好事，教你們觀念跟智慧。我會蓋一座房屋，大家來做生意。」

伊凡說：「好啊。如果你想的話，來跟我們一起住吧。」

第二天早上，這衣裳齊整的紳士走到廣場上，手上拿了一袋黃金跟一張紙，對大家說：「你們過的日子跟豬簡直沒兩樣。我來教你們怎樣過體面的生活。根據這張藍圖，給我建一座房子。你們應該工作，我會告訴你們怎麼做，也會付金幣給你們。」他舉起金幣給他們看。

傻子們都很驚訝，他們國家的人從不用錢，而是拿物品交換、或以勞力代替。大家都訝異地盯著金幣瞧。

他們說：「這些小東西看起來很棒啊！」

就這樣他們開始用物品或勞力，跟紳士交換金幣。老魔鬼就像先前在特拉斯的王國裡那樣，廣發金幣，人們紛紛拿各種東西來交換黃金，或出賣勞力換取金幣。

老魔鬼很高興，心裡想著：「這次真順利。現在我要像之前搞垮特拉斯那樣，這傻子非完蛋不可，他的身體跟靈魂我都要買下。」

但這群傻子一拿到金幣，就拿給婦女做成項鍊；姑娘們把金幣編進自己的髮辮中；最後街上的孩童開始拿這小玩意來玩。每個人手上都有好多個，然後大家就不想再拿了。這時，這紳士的宅邸還蓋不到一半，那年的收成跟牛隻也沒人拿來賣給他。於是他公開表示，希望大家能來替他工作，他也打算購買牛隻跟農作物；每一樣東西、每一件事，他都願意付更多金幣購買。

但沒人來工作、也沒人帶東西來賣。頂多有時候一個小男孩或小女生拿著一顆蛋來換金幣，但再也沒人來找他，他連東西都沒得吃。因為肚子很餓，這衣冠楚楚的紳士走遍村落，想買個什麼當晚餐。他走到一戶門前，掏出一枚金幣想買隻雞或鴨，但這主婦不肯。

她說：「我已經有很多個了。」

魔鬼來到一個寡婦的家門口，拿出一個金幣打算買條鯡魚。

「尊敬的先生，我不想要。我沒有小孩可以玩這些金幣，我自己為了好玩也已拿過三個了。」

他又來到一名農夫家中，想買麵包，但連這農人也不肯拿錢。他說：「我不需要。不過，如果你是在乞討的話，看在耶穌份上，等一下，我叫我老婆切塊麵包給你。」

魔鬼聽到這話就吐了口口水，跑走了。聽人說出耶穌的名號——更別提以祂的名號拿到任何物事——比拿刀刺進他身體更叫他受傷。

所以他也沒拿到麵包。每個人都有金子了，而且老魔鬼不管走到哪，都找不到人肯拿東西來換錢，每個人都說：「拿點別的東西來吧，或者來工作，或者看在耶穌份上，拿點施捨的東西去吧。」

但這老魔鬼除了錢，什麼也沒有；他又不愛工作，至於「看在耶穌份上」拿人家的東西，他也做不到。老魔鬼氣得要命。

「我都拿錢給你們了，你們還想要什麼別的？」他說：「任何東西都可以用錢買啊，也可以花錢雇工人來做事。」但這些傻瓜不理他。

「不，我們不要錢。」他們說，「我們沒有款項要付，也不用繳稅。拿錢要做什麼？」

老魔鬼只好躺下睡覺——當然是沒吃晚餐就睡了。

這事傳到傻子伊凡耳裡，人們來找他，問他：「我們該怎麼做？一位高雅的紳士來到這裡，喜歡吃好的、穿好的，可是他不喜歡工作，也不肯『看在耶穌份上』乞討，只肯拿金幣跟人家交換。一開始大家把他想要的東西都給他，不過後來大家都拿到不少金幣了，現在沒人要跟他換了。該拿他怎麼辦呢？用不了多久，他就會餓死的。」

伊凡聽大家說完。

「好吧。」他說：「我們必須供他食物。讓他像牧羊人那樣，輪流在每個人家裡住好了。」

沒別的辦法了，老魔鬼開始輪流住在各人家裡。

然後就輪到伊凡家了。老魔鬼來吃晚餐，啞巴姊姊把餐點都準備好了。以前常有些懶人來家裡吃飯，而且都是早早就到，但連自己份內的事也不肯幫忙，卻把麥片粥通通吃光。所以她突然想到，只要看手掌就可知道這人是否懶惰。若這人手上有硬繭，她便讓他上桌吃飯，至於其他人呢，只能吃大家吃剩的食物。

老魔鬼在餐桌邊坐下，但這啞巴女孩抓住他的雙手，攤開來看：手掌上完全沒有硬繭，這手既乾淨又光潔，還養了長指甲。她咕噥了一聲，拉著魔鬼離開餐桌。伊凡的太太對他說：「高貴的紳士，請別介意。只要是手上沒長繭的人，我大姑都不讓他上桌吃飯。請先等一會，等這些人吃完，剩下的就歸你吃了。」

老魔鬼非常不高興，他來到國王的家裡，他們卻希望他像豬一般進食。他對伊凡說：「你們國家的法律規定每個人都得用雙手工作，真是愚蠢至極！都是因為你的愚蠢，才會發明出這種規定。難道人只會用手工作嗎？你認為聰明人是用什麼工作？」

伊凡說：「我們是傻子，怎麼會知道呢？我們運用雙手、駝著背做完大部分的工作。」

「所以說你是傻子。不過我現在就可以教你，怎麼用腦袋工作；那你就會明白，用腦子賺來的錢，可比用雙手多得多。」

伊凡很驚訝。

「如果真是這樣的話，」他說：「難怪會有人叫我們傻子了。」

老魔鬼滔滔不絕地講：「不過想用腦袋工作可不容易。只因為我手上沒硬繭，你們就不給我東西吃，但你們根本不知道用腦袋工作要難上一百倍。有時候頭疼得快要裂開。」

伊凡思索了一會。

「朋友，你是這樣折磨自己的嗎？頭痛到快裂開，這滋味好受嗎？用你的雙手跟背脊做簡單些的工作，不是比較好嗎？」

但魔鬼回答：「我這樣做，還不是因為可憐你們這些傻瓜。假如我不折磨自己，你們就要永遠當傻瓜了。不過，我用頭腦思考過後，現在可以教你了。」

伊凡感到驚訝。

「快教我們吧！這樣每當我們手累到抽筋時，就可以動動頭腦，轉換一下。」

老魔鬼同意教大家。於是伊凡在全國各地貼出布告，布告上說有個高貴的紳士來這裡，願意教大家如何用頭腦工作；比起用手工作，用腦子工作可以做更多事；所以，大家都應該來學。

伊凡的國家裡有座高塔，梯級甚多，最頂端有間燈室。伊凡帶這名紳士到那間燈室，好讓每個人都能看到他。

紳士在燈塔的頂端找了個位置，開始說話，許多民眾跑來看他。他們想這紳士真的要示範只用頭腦工作，而不必用雙手的方法。但老魔鬼講了一大堆，都是教人如何不必工作也能生活的話。人們完全聽不懂，他們看看對方，想了想，然後一個一個，回去做自己的事去了。

老魔鬼站在塔上，站了整整一天，第二天也是一樣，不停地講。但他站了那麼久，肚子也餓了，這群傻瓜卻沒想過要拿食物上去給他。大家都想假如他用腦比用雙手更厲害，無論如何總有麵包吃的。

又過了一天，老魔鬼還是站在塔端，繼續演說。人們朝他走近，盯著他看了一會，然後又都離開了。

伊凡問道：「唔，那位紳士開始用頭腦工作了嗎？」

大家回答：「還沒，他還在口沫橫飛地講呢。」

老魔鬼又在塔上站了一天，但他開始覺得虛弱，站都站不穩，一頭撞在燈室的柱子上。有人看到了，跟伊凡的太太報告，於是她便跑去找正在田中工作的丈夫。

她說：「你快來看，他們說那紳士開始用頭腦工作了。」

伊凡相當驚訝。

他問：「真的嗎？」立刻騎上馬，朝塔的方向跑去。但就在他快到達時，老魔鬼因饑餓到全身乏力，重心不穩，往前栽倒撞在柱子上。伊凡剛剛來到塔下，就看見魔鬼腳步踉蹌、跌了一跤、咕咚咕咚沿著階梯，直滾到塔下，每滾落一階，他的頭就磕碰一下！

「嗯！這位高貴的紳士說『有時候頭會裂開』，他說的是真話啊！這比手上起水泡還慘，看他這樣賣命工作，等一下頭會腫起來的。」

老魔鬼就這樣一路翻滾到塔下，頭撞擊到地面。伊凡正要走上前去瞧他，看看他到底做了多少事，突然間地面裂了個口，老魔鬼就掉進去了，只留下一個洞。

伊凡搔搔頭。

「原來是個髒東西！」他說：「又是個魔鬼。不過他可真夠大！一定是那些小鬼的爸爸。」

現在伊凡還活著，人民從四面八方來到他的王國。他的兩個哥哥也來跟他住，他也供養他們。不管是誰，只要來跟他說：「給我東西吃。」伊凡就會說：「好啊。你可以跟我們待在一起，我們什麼都很充足。」

只是他的王國有項特殊傳統：手上有老繭的人可以上桌用餐；要是沒有，就只能吃別人吃剩的食物了。

兩個老人

「婦人說：先生，我看出你是先知。」

——《約翰福音》第四章第十九節

「我們的祖宗在這山上禮拜，你們倒說，應當禮拜的地方是在耶路撒冷。」

——《約翰福音》第四章第二十節

「耶穌說，婦人，你當信我。時候將到，你們拜父，也不在這山上，也不在耶路撒冷。」

——《約翰福音》第四章第二十一節

「時候將到，如今就是了，那真正拜父的，要用心靈和誠實拜他，因為父要這樣的人拜他。」

——《約翰福音》第四章第二十三節

1

古時候有兩個老人，決定一起去聖地耶路撒冷朝聖。其中一個農夫很有錢，他的名字叫做艾玢．薛維利夫，另一個境況普通，叫以利沙．包卓夫。

艾玢性情沉著、嚴肅，行事果決。他從不喝酒、抽菸、也不吸鼻煙，一生中沒說過一句粗話。他曾經兩度擔任村裡的長老職位，卸任時交接得清清楚楚。他家中人丁興旺，兩個兒子跟一個已結婚的孫子，都跟他住在一起。他身材挺拔、身體硬朗，留著一把長鬍子，直到年過六旬，鬍子才開始有些斑白。

以利沙並不富有，但也不算窮，先前替人做木工為業，如今年紀大了，他待在家裡養蜜蜂。他有個兒子出門找工作去了，另一個待在家裡。以利沙性情溫和、樂天知足。沒錯，他偶而喝點酒、吸吸鼻煙，喜歡哼哼唱唱，但他經常與人為善，跟家人、鄰居都處得很好。他身量短小、皮膚黝黑，蓄著鬈曲的鬍鬚，而且跟同名的聖徒以利沙一樣，頭已經禿得差不多了。

這兩個老人很久以前就立誓，要一起去耶路撒冷朝聖。但艾玢老是騰不出時間，手上永遠有忙不完的事，往往一件事才結束，就開始忙另外一件事。先是忙他孫兒的婚事，然後要等他小兒子從軍隊返家，接著他又開始建造新木屋。

某個假日，這兩名老人在木屋外碰頭，在一根木材上坐下，開始聊天。

以利沙開口問說：「嗯，我們什麼時候才能實踐誓言？」

艾玢努努嘴，做了個鬼臉。他說：「我們得再等一陣子，我今年事情不大順利，本來剛開始蓋這間小屋時，估算大概是一百盧布出頭，但現在已經花了快三百盧布，卻還沒蓋好。我們等到夏天吧。等夏天一到，上天保佑，我們一定可以成行的。」

以利沙說：「但我覺得我們不應該再拖了，要去就現在去。春天出發最好。」

「這時間是很好沒錯，但房子正在蓋怎麼辦？我怎麼能不管呢？」

「說得好像你沒人可以交代一樣！交給你兒子照看啊。」

「怎麼照看？我大兒子叫人信不過，他有時候愛喝酒，喝太多了。」

「唷，鄰居啊，等我們死了，他們日子還不是照樣過嘛。就讓你兒子從現在開始學著看顧吧。」

「話是這麼說沒錯，但我只是想，做事要有始有終。」

「朋友啊，我們永遠無法事事俱到。那天家裡那群女人為復活節清理打掃，忙了這邊的活兒，另一處還有得忙，根本無法萬事齊備。所以我那聰慧的長媳就說了：『我們該對從不等我們就逕自而來的假日心存感激，不管我們多賣命幹活，我們永遠無法準備就緒。』」

艾玢變得若有所思，便說：「我已經花一大筆錢蓋房了。況且，口袋空空要如何上路？我們每人得需一百盧布，這可不是小數目。」

以利沙笑了笑。

「好了好了。朋友啊，你比我富有十倍，居然還在煩惱錢的事。等我們準備上路再說吧，雖然我現在什麼也沒有，但到時候我會湊齊的。」

艾玢也笑了。

「哎呀。我竟然不曉得你這麼有錢！」他繼續問：「你要從哪裡湊呢？」

「我可以從家裡東攢西湊一點，要是不夠，我可以賣給隔鄰一半的蜂巢，他早就等著要買下了。」

「要是牠們今年繁殖得很好，你會後悔的。」

「後悔？才不會。鄰居啊，我一生中除了罪過，從不言悔。沒什麼比靈魂更加珍貴了。」

「的確如此。但忽略家務事仍然不對。」

「要是我們忽略的是靈魂呢？那更糟吧。我們立了誓，所以就啟程吧！就是現在，說真的，上路吧！」

2

以利沙成功說服同伴。一早，仔細思量過後，艾玢來找以利沙。他說：「你說的對。我們上路吧。生死都操之於上帝，我們一定得現在啟程，趁我們都還活著，還有體力。」

一個禮拜後，兩個老人準備出發了。艾玢手頭上有足夠的錢，自己帶了一百盧布出門，留了兩百盧布給他妻子。

以利沙也準備好了。他賣了十個蜂巢給鄰居，其中包括今年夏天即將繁殖完成的新蜂群。這筆交易拿到七十盧布，剩下的三十盧布是他家人湊給他的，每個人都罄其所有，他老婆把為日後葬禮存的錢都拿出來，而他媳婦也拿出自己所有的錢。

艾玢細細叮囑大兒子，一件件交代：何時該割草、一次該割多少，到哪去載運肥料，木屋完工要注意的事，還有屋頂該怎麼鋪……他每件事都想得一清二楚，然後下達指令。這邊以利沙只跟老婆說，要把他賣出蜂巢的蜂群跟其他蜂群分開，確保鄰居能拿到他該得的蜂群，不要搞錯了。家裡的事，他一句也沒提。

他只說：「等有需要的時候，你自然知道要怎麼辦，該怎麼做了。現在一切歸你們負責，你們會知道怎樣做才是對自己最好的。」

就這樣兩名老人準備就緒，家人替他們烤了蛋糕、縫製袋子、裁妥綁小腿的亞麻布。兩人都穿上新皮鞋，還多帶了雙樹皮製的鞋。兩家人都送到村子口，跟他們道別。兩人就此踏上朝聖之旅。

以利沙歡歡喜喜地離開家門，一走出村子，就把家裡的事拋在腦後。他只在意怎樣讓同伴高興，怎麼避免對人說不禮貌的話，如何才能走到目的地，然後懷著滿心的平靜與愛回家。以利沙一邊走，一邊喃喃祈禱，或在心裡想著他所記得的聖徒的生平事蹟。不論在路上遇到誰、或夜晚打算在哪投宿，他都盡可能表現得和善溫煦，對人說虔敬的話語。就這樣他繼續前行，一路上歡欣愉快。只有一件事他辦不到：他改不掉吸鼻煙的習慣。儘管他把鼻煙盒留在家裡，他還是四處問人，後來他在路上遇到一個人，給了他一點兒煙吸，他三不五時就停下來（以免誘惑他同伴），捏一小撮鼻菸吸吸。

艾玢步伐堅定地走著，沒做半點錯事，不講虛浮的話，但他的心情並不輕鬆。家務事沉甸甸地壓在心頭，他一直擔心家裡的情況。是不是有什麼事忘記交代兒子了？兒子能不能把事情辦得妥當？每當在路上看到人家在種馬鈴薯、或用推車運堆肥，他就想，不知道兒子有沒有照他的話去做——一想到這，他簡直想轉身回家，再好好教導兒子一遍，或者乾脆自己來做更好。

3

他們上路已經五個星期，自家樹皮製的鞋都已磨壞。走到小俄羅斯（註：即今烏克蘭地區）時，開始買新鞋穿。打從離家後，他們得掏錢買食物、付房宿的錢，但當他們來到小俄羅斯時，當地人搶著款待他們，邀請兩人去家裡作客，給他們溫飽，不願收取回報。不僅如此，這些人還把麵包、蛋糕放進兩人的行囊裡，讓他們在路上吃。

兩名老人就這樣不花分文地走了五百哩路，但當他們來到下一個省分時，發現那兒農作歉收。農人們還是收留他們倆過夜，不收分文，但不再讓他們吃免費的食物。有時甚至他們拿出錢來也買不到麵包。當地人說，去年莊稼嚴重歉收。有錢人必須賣掉值錢的財物，家境本就普通的人日子變得很不好過，還沒離開這一帶的窮人只好四處行乞，或乾脆在家挨餓。冬天時他們必須吃難以下嚥的糠或刺藜裹腹。

某個晚上，老人走到一個小村落，他們買了十五磅的麵包，在那裡過夜，天還沒亮就起身，打算趁早上變熱前走一段路。走了約莫八哩，他們看到溪流，於是在溪畔坐下，拿出碗舀滿了水，蘸著麵包吃。然後他們換上新的綁腿帶，休息了一會。以利沙拿出鼻煙盒，艾玢對他搖搖頭說：「你怎麼還沒戒掉這糟糕的習慣？」

以利沙擺擺手，說：「它比我還強，太難戒了。」

他們站起來繼續走。約莫又走了八哩路，他們看到一座大村莊，走了進去。天氣開始變熱。以利沙累壞了，想歇息一下喝口水，但艾玢不肯停下腳步。他腿力較健，以利沙經常跟不上。

他說：「我只想喝個什麼東西。」

艾玢回答：「那就喝吧，我不想喝。」

以利沙停下腳步，說：「你繼續走。那邊有間小屋，我要去休息一下，等等就跟你會合。」

「好吧。」艾玢說，然後他獨自繼續前行（心裡覺得根本不該休息）。而以利沙轉身走向小屋。

這是棟外牆塗著泥土的茅草小屋，下方是深黑色，屋頂經過粉刷，但泥土已傾頹，顯然上次粉刷已經是很久以前的事了。屋頂有一側茅草掉落。房屋前方有個院子。

以利沙走進院子，看到一個枯瘦的無鬚男人躺在小屋外的土堆上，襯衫塞進長褲裡，就是小俄羅斯常見的穿著。這男人一開始應該是找陰影躺下，但現在日頭轉移，整個照在他身上。他醒著，但依舊躺在那裡。以利沙對他叫喚，討一杯水喝，他也沒回應。

「他要不是不舒服，就是很不友善。」以利沙心裡想，他朝門走去，聽見小屋裡傳來孩子的哭聲，於是握住當作門把的門環，叩叩敲門。

他叫道：「嗨！家裡有人在嗎？」還是沒回答。他拿起隨身棍子再敲。

「嘿！好人！」屋內靜悄悄地。

「喂！神的僕人！」還是沒聲音。

以利沙正打算轉身，卻彷彿聽到門後另一邊傳來呻吟的聲音。

「喔天哪！這屋裡的人一定是發生了不幸的事，我最好看一下。」以利沙又走近屋子。

4

以利沙轉動門環，發現門沒上鎖。他打開門，沿著狹長的通道往前走。起居室的大門敞著，左側是一個磚造火爐，前方牆邊擺著供奉聖像的石桌，以及另一張桌子，桌旁放了張長凳。一名老婦人坐在凳子上，頭上沒綁頭巾，只穿著一件單衣。她斜靠在桌子上，一個臉色蠟黃的瘦小男孩站在她旁邊，肚子鼓鼓的，拉著她的袖子哀哀哭著，不知在索討什麼東西。以利沙走了進去。屋裡的氣味極其難聞，他環目四顧，看到一個女人躺在烤爐後的地板上，她全身躺平，閉上雙眼，喉嚨裡發出咯咯聲，一下子把腿伸長、一下子又縮進來，輾轉反側，身上發出陣陣臭味，顯然長期無人照料。有個老婦人抬起頭，看到走進來的陌生人。

她問：「你要什麼？先生你要什麼？我們什麼也沒有。」她說的是小俄羅斯方言，但以利沙懂她的意思。

「神的好僕人，我來只是想喝水。」

「這裡沒人，沒有人。我們沒東西舀水，你走吧。」

以利沙便問：「難道這裡沒人肯照顧那女人嗎？」

「沒有，一個也沒有。我兒子待在外面等死，我們就在這裡等死。」

小男孩看到陌生人時停止哭泣，但當這老婦人開口說話時，他又開始哭，扯住她的袖子哭說：「麵包，奶奶，麵包！」

以利沙正要開口詢問老婦人，外頭的男子搖搖擺擺地走進屋裡。他一手扶著牆走過通道，快走到起居室時，一屁股跌坐在靠近門檻的角落裡，但他沒有打算起身的意思，只是坐在那兒開始斷斷續續地說話，一次只吐出一個字，便又停頓，大口喘著氣。

他說：「這裡的人都生病了……又來了飢荒。他就要餓死了。」

他朝著小男孩緩緩前進，開始啜泣。

以利沙扯下肩上的行囊，鬆開縛在身上的帶子，把大袋子放下。然後他又把袋子拿到長凳上，解開縛住袋口的細帶。他打開袋口，拿出一條麵包，握著刀切下一片，遞給這男人。男人不肯拿，指指小男孩跟蹲在烤爐後面的小女孩，像是在說：「給他們吧。」

以利沙遞給小男孩，男孩一聞到麵包的味道，立刻伸手來抓，用兩隻小手攫住，鼻子深深埋進去咬著麵包吃。小女孩從烤爐後面走出來，眼睛直盯著麵包瞧。以利沙也給了她一片。然後他又切了一片遞給老婦人，她也開始大口嚼了起來。

她說：「如果能拿些水來就好了，他們的嘴唇都乾裂了。我昨天本想拿些水的，還是今天呢，我記不清了，但一走就跌倒，沒法再往前走了。桶子應該還在那裡，除非有人把它拿走。」

以利沙問井在哪裡，老婦人告訴了他。他便走了出去，找到水桶，汲些水進來，給眾人喝水。孩子跟老婦人喝過水，又吃了些麵包，但這男人不肯吃。他說：「我不能吃。」那年輕的婦人看來已經失去意識，但還是不斷地翻身。

這時以利沙去村裡的商店買了些黍粟、鹽、麵粉和油，又找來一把斧頭，砍些木材來生火。小女孩走來幫他的忙。然後他煮湯，讓餓得奄奄一息的這一家人飽餐了一頓。

5

這男人吃了點食物，老婦人也吃了些，小女孩跟小男孩把碗底都舔乾淨了，才縮著身體，摟抱著彼此，沉沉睡去。

男人跟老婦開始述說他們何以落到這般境地。

「我們從以前就窮，但後來農作物收成變得更差，我們原先積下的糧食只夠勉強度過秋天。到了冬天，我們什麼也沒剩下，只能開始跟鄰人或碰到的任何人乞討。一開始他們肯給，後來都不願再給了。也有些人心裡很想幫忙，但實在是給不出來。後來我們沒臉再跟人家要，我們欠那麼多人東西，借了錢、麵粉跟麵包，通通沒還。」

男人說：「我出門去找工作，但找不到。到處都在徵人，但事情一做完就請你離開。你可能找到一份短工，然後再花上兩天時間找下一份工作。她們倆去很遠的地方乞討，但都只能討到一點東西，麵包真的很少。不過我們還是勉強攢了些食物，只希望能撐到下一次收成，但是春天還沒到呢，大家都不肯再給了。然後我們又生病了，情況越變越糟。可能哪天吃了點東西，接下來兩天又得餓肚子。我們就開始吃草，但不知是因為吃了草還是什麼東西，我太太病了。她站不起來，我也沒多餘的力氣，我們根本沒有好轉的希望。」

「我只好獨自掙扎了一陣子，」這老婦人說：「但最後也因為沒東西吃，垮了下來，變得很虛弱。女孩子也變得虛弱又膽小，我叫她去找鄰居，但她不肯離開這間屋子，只顧爬到角落躲起來，坐在那裡。前天有個鄰居走進來瞧，但她看到我們又病又餓，就轉身離開了，她丈夫也跟著離開，我看她也找不到食物給她的小孩吃。所以我們才會躺在這裡等死。」

以利沙聽完他們的遭遇，決定留下來，不再急著趕上同伴，那晚他就陪著這家人。隔天一大早他起床後，開始做家務，彷彿那是他自己的家一樣。

他開始揉麵團，老婦人在一旁幫忙，然後生火。接著他跟小女孩一起去鄰居家，跟他們要幾樣必需品，因為屋裡真的什麼也沒有，不管是廚房用具、衣服、所有東西，通通拿去換麵包吃了。於是以利沙開始變出需要的東西來，有些自己做，有些用買的。他在那裡待了一天、又待一天，然後是第三天。小男孩開始有力氣了，只要以利沙一坐下來，他就爬上長凳偎著他坐。小女孩也變得開朗起來，看到有工作就來幫忙，跟在以利沙後頭跑，叫著：「阿爸，阿爸！」

老婦人稍稍恢復了元氣，可以出門去找鄰居了。男子情況也變好，可以扶著牆壁走動了。只有妻子還不能起身，但她也在第三天恢復了意識，張口要食物吃。

「唔，」以利沙心想：「我沒料到會在路上花掉這麼多時間。我得繼續趕路了。」

6

第四天是夏季禁食後的飲宴日。以利沙想著：「我要留下來，跟他們一起享用禁食後的第一餐。我得去買點用品給他們，然後一塊用餐，明天傍晚我就要走了。」因此以利沙走進村子，買了牛奶、小麥麵粉、藥用點滴等物，然後幫老婦人燒煮、烘焙，做隔天要吃的食物。

第二天便是飲宴日，以利沙去過教堂後，就跟這群新結識的朋友在小屋裡一道吃飯。那天連妻子也起床了，還略略走動了幾步。丈夫也刮了鬍鬚，換上老婦人替他洗好的乾淨襯衫，出門去見村中一名有錢的農場主人——先前他把耕地跟牧草地抵押給這有錢的農場主人。他拜託有錢的農夫先讓他使用牧草地跟田地，直到那季收割完為止。

但傍晚時丈夫一臉難過地回來了，開始哭泣。那有錢人毫不同情，只說：「拿錢來啊。」

以利沙又開始思考，心想：「他們要怎麼過活呢？其他人可以割牧草，但這些人沒得割，他們的牧草地已經抵押出去了。滿地的黑麥即將成熟，別人可以收割（看樣子今年大地賜給大家極好的收成啊），但他們卻沒的指望。他們的三畝地已經抵押給那農夫了，我離開之後，他們又會再陷入先前的窘況，像我剛來時那樣。」

以利沙猶豫不決，但最後他決定還是先不走了，等到第二天再說。他走出屋子，來到庭院準備睡覺。禱告過後，他躺了下來，卻無法入睡。一方面他覺得自己該離開，因為已經耗費太多金錢、時間在這裡，但另一方面，他真心憐憫這些人。

他對自己說：「這似乎是個無底洞啊。一開始我只想給每人吃一片麵包、喝點水，但看看我現在的處境。現在該做的是贖回牧草地跟田地，贖回之後呢，我就得買頭牛給他們，還得買匹馬馱運收割下來的麥束。你真行啊，以利沙兄弟！給自己弄來這麼個了不起的圈套。你是越陷越深，失去判斷能力了！」

以利沙站起來，攤開原本疊好當枕頭的外套，拿出鼻煙盒，吸了一小撮鼻菸，心想或許這樣可以助他思慮更清晰。

但是並沒有！他思前想後，始終下不了決心。他應該要走，但憐憫之心讓他無法就此離開。他不知該怎麼做，於是再次摺好外套，放到頭下面，躺了不知多久，直到聽見第一聲雞啼，才迷迷糊糊地想睡。

突然間似乎有人叫醒了他，他發現自己穿戴整齊準備上路了，袋子揹在背上、手裡拿著拐杖，門也半掩著，他略為側身就能通過。他正要走出大門時，袋子被圍籬勾住了，他試著解開，卻又發現綁腿帶勾住另一側圍籬，怎麼都解不開。他想把背袋拉回來，卻又發現袋子並不是被籬笆勾住，而是小女孩牢牢扯住不放，一面哭著：「麵包！阿爸，我要麵包！」

他低下頭看著自己的腳，那小男孩抱住他的綁腿帶，屋子的男主人跟老太太也站在窗前望著他。

以利沙醒來，用清晰的聲音對自己說：「明天我就去贖回他們的田地，給他們買一匹馬，還有麵粉，至少讓他們撐到收成季節。還要買頭母牛給小孩喝奶。否則就算我越過大海找到上主，我的心已沒有神的存在了。」

以利沙又睡著了，直到早上才醒來。他早早起來，出門去找那富有的農人，把田地和牧草地都贖回來，買了把鐮刀（家中的鐮刀也賣掉了）。然後他叫這男人去割草，他自己出發到村裡去。他聽說當地小酒館正在拍賣馬匹跟雙輪馬車，他到了那裡，跟賣家談好價錢買下。接著他又去買了一袋麵粉，放進馬車裡，然後去買母牛。他正準備要走時，聽到兩個女人邊走邊說話。雖然她們講的是小俄羅斯方言，他聽得懂她們的話。

「聽說他們本來也不認識他，以為他只是個普通人。他進來討一杯水喝，然後就留下來了。光想想他替他們買了多少東西啊！就在今天早上，他在酒館那裡買了馬跟馬車，要送給他們欸！世上沒多少這種人囉。我覺得值得去看看他長什麼樣子。」

以利沙知道這些人在讚美他，他不去買母牛了，回到酒館裡付了那匹馬的錢，套好韁索，騎回小屋，然後又出門。屋裡的人看到馬都很詫異，猜想可能是買給他們的，但不敢問。男主人走出來打開大門。

他問道：「爺爺，這匹馬是哪來的啊？」

「唔，是我買的。」以利沙說：「還蠻便宜的。去割些草來，放在馬槽裡，讓牠晚上吃。把袋子拿進去吧。」

男主人鬆開韁繩，然後把袋子拿進馬棚，再去割了些草，放到馬槽中。大家都躺下睡覺了，只有以利沙走到外面，躺在大路旁。那晚他把布袋也帶出去，等每個人都睡著了，他便起身、裝好物品、繫緊袋子、裹緊亞麻製的綁腿帶，然後穿上外套與鞋子，動身去找艾玢。

7

以利沙趕了三哩多的路，天色開始濛濛亮了。他找了棵樹坐下，打開袋子，開始數錢，發現只剩十七盧布、二十戈比了。

「唔，」他心想：「只剩這點錢，想要過海是不可能的。如果我接下來沿路乞討的話，那比不去還糟。我的朋友艾玢會自己去到耶路撒冷，他會以我的名義，替我在聖壇上點根蠟燭的。至於我呢，這輩子恐怕沒辦法兌現我的誓言了。這份誓言是向著慈悲的上主許下的，對此我該覺得感激才是，祂向來是肯寬恕罪人的。」

以利沙站起來，把背袋一甩負在肩上，轉頭朝來路走去。他不希望有人認出他，便刻意繞路，避開那座村莊，步履輕快地朝家的方向走去。先前跟艾玢一道旅行時，一路上都覺得辛苦，他覺得難以跟上艾玢的腳步，但現在他獨自返鄉，神幫助他一路順行，他一點也不覺疲累。行走有如孩童的嬉戲一般，他輕輕鬆鬆地背著行囊步行，一天可以走四十到五十哩路。

以利沙回到家時，收割季節已經結束。他家人見到他回來都很高興，都想知道路上到底發生了什麼事，他為何沒跟上艾玢？為什麼還沒抵達耶路撒冷就回家了？但以利沙不肯說。

他只說：「這是神的旨意，祂不讓我到那裡去。我在路上丟失了一筆錢，又趕不上同伴。看在主的面上，饒恕我吧！」

以利沙把沒用完的錢還給老妻，然後問大家這陣子家中情況如何。所有事都很順利，每項工作都順利完成，沒有什麼疏忽，大夥兒日子過得平靜又和諧。艾玢家人當天就聽說以利沙回家的消息，於是跑來問他們家老人的消息。以利沙給他們的說法也是一樣。

「艾玢走得很快，我們在聖彼得日之前三天就分開了。我本想再度跟上他，但之後發生了不少事，我弄丟了一筆錢，沒辦法繼續往前走，所以就回來了。」

這些人都覺得不可置信，平常這麼明理的人竟做出如此愚蠢的事；明明走了一半，卻不肯堅持走到目的地；更扯的是白白耗費了一筆錢。大家嘆詫了一陣子，沒多久就把這事忘了。以利沙也忘懷了此事，重新回到農地上幹活。兒子過來幫他的忙，兩人砍伐木材，當作冬天的柴火。他跟家中婦女一起打穀，然後又修葺好戶外茅廁的屋頂，把蜜蜂放進蜂巢，將他春天時賣出的那十隻蜂巢裡其他的蜂群拿給鄰居。本來他妻子不打算告訴他這幾隻蜂巢中有多少蜂群，但以利沙分得清清楚楚，最後他總共拿出十七組蜂群給鄰人。就這樣諸事順當，以利沙叫兒子出門去找工作，他自己則開始拿樹皮編鞋子，挖空木幹，好當作下一季的蜂巢。

8

那天以利沙留在小屋裡陪伴生病的那一家人時，艾玢停步等他。他只走了一小段路，就坐下來等待。他等了又等，小寐了一會，醒來後又坐著等了一陣子，但同伴始終沒現身。他不放鬆地盯著來路瞧，直到眼睛變得痠疼為止。太陽在大樹後沉沒了，還是見不到以利沙的蹤影。

「也許他早就越過我了？」艾玢想：「也可能在我睡著時，有人載他一程，他也沒看到我。但他怎麼可能沒看到我？這片草原沒有遮蔽，誰都可以看得很遠的。我應該回頭嗎？假如他已經走在前面，我們就會完全錯過，情況不就更糟了嗎？我看我還是繼續往前走吧。晚上找地方休息時，一定會碰面的。」

他來到一個村子，告訴巡夜的人，若有個老人（他把以利沙的樣子形容了一遍）來到村中，就帶這老人到他打尖住宿的木屋去。然而以利沙那晚沒出現。艾玢只得繼續前行，一路上問人，是否見到個頭矮小的禿頭老人，但沒人見過這樣一個旅人。艾玢納悶，但還是獨自趕路，自言自語道：「咱們一定會在奧德薩碰面的，不然上船時也會遇到吧。」他不再多想。他在路上遇到一個朝聖客，穿著牧師的外袍，留一頭長髮，戴頂包覆整個頭顱的大帽子。這名朝聖者先前去過阿索斯山，如今是第二次前往耶路撒冷朝聖了。他倆某一晚在同一地方打尖，既然認識，於是便結伴同行。

他們平安抵達奧德薩，必須在那等上三天，才有船隻前來。他們在那兒遇到來自各地的朝聖者，艾玢問人是否見到以利沙，但沒人見過。

艾玢給自己弄了張外國護照，花了五盧布。他又拿出四十盧布，買了一張往耶路撒冷的回程票，接著買了些麵包、鯡魚，準備在路上吃。

跟他同行的朝聖客開始跟艾玢說，他可以不付船資就上船的，但艾玢不肯。他說：「不，我本來就打算付錢的，而且我應該付。」

船上載了些貨物，朝聖客紛紛登船，艾玢跟他的新同伴也上了船。起錨以後，船隻就啟航了。

整日風平浪順，但傍晚時起了一陣風，接著開始降雨，船隻一陣顛簸，開始有水滲進船艙。船客都很驚駭，女人們開始哀嚎、尖叫，有些較膽小的男人在船上四處奔找遮蔽的所在。艾玢也覺得害怕，但他不肯形之於色，仍然留在甲板上，跟幾名來自坦博夫的老人在一起。他們不發一語地坐著，直坐到翌日，手裡緊緊攢著隨身袋子。到了第三天，風浪趨於平靜；第五日他們在君士坦丁堡下錨。有些朝聖客上岸去參觀聖蘇菲亞大教堂，如今歸土耳其人管。艾玢留在船上，只買了一些白麵包。他們在那裡逗留了二十四小時後，重又啟航。之後來到士每拿、亞歷山卓等地也停下，但最後眾人平安抵達傑法，所有乘客都必須在那裡上岸。

然而離耶路撒冷還有四十餘哩路。下船時，眾人又開始感到驚慌。原本的船隻船體很高，乘客一一被推落到小船上，小船不停地劇烈搖晃，很容易對不準便掉進海裡。有幾個人真的落入水中，不過最後大家都平安登陸了。

接下來大夥兒步行繼續趕路，第三日中午抵達了耶路撒冷。他們先在城外的俄羅斯旅店歇憩，辦好護照認證的事。吃過晚餐後，艾玢跟他的同伴一起去拜訪聖地。那時他們還不能進聖墓教堂參觀，但他們去了亞美尼亞聖堂，發現所有朝聖客都在那裡。婦女跟男人不站在一起，男人們根據指示，光著腳圍坐著。然後一名修士走進來，拿條毛巾擦洗他們的腳。他替他們洗腳、擦淨，然後親吻他們的腳，對每個人重複一樣的動作。

艾玢的雙腳也由他來洗淨、親吻，跟其他人一樣。整個晚禱與晨禱的儀式中，他坐著禱告，點燃蠟燭放在聖壇上，遞交上頭寫有他父母名字的小冊子，這樣教會禱告中便會唸到他們的名字。在亞美尼亞聖堂中，有酒與麵包分派給他們。隔日早晨，他們來到埃及的瑪莉密室，瑪莉皇后曾在此苦修懺悔。他們也在這裡點上蠟燭，唸誦禱文。然後他們來到亞伯拉罕修道院，看到亞伯拉罕打算殺死兒子獻祭給神的地方。之後他們來到據說是當年耶穌顯現給抹大拉的瑪利亞之處，然後是聖詹姆士教堂。艾玢的同伴帶著他一一走遍這些地方，告訴他每個地方得捐獻多少錢。中午時，他們回到旅店，共進午餐。正當他們準備躺下休息時，艾玢的同伴大聲叫喊，開始裡裡外外掏自己的衣服。

「我的錢包被偷了！裡面有二十三盧布。」他說：「一共是兩張十盧布的鈔票，跟一些零錢。」他不斷地唉聲嘆氣。不過嘆息也無濟於事，最後兩人躺下睡覺。

9

艾玢躺在那裡，心中有股意念蠢蠢欲動。

「根本沒人偷他的錢！」他心想：「我不相信他有帶錢。他到哪裡都沒捐獻過，雖說他叫我捐，甚至還跟我借了一盧布。」

但這個念頭剛掠過他腦海，他就責備自己，對自己說：「我有什麼權利論斷他人？這是罪。我絕不再想這事了。」但每當他的心思開始游移，總是繞回那名朝聖客的身上：他看起來對金錢很感興趣，而當他聲稱自己錢包被偷時，就是沒辦法讓人信服。

艾玢想著：「他身上一直都沒錢。這是他編出來的謊吧？」

快到傍晚時，兩人起身，一起去復活大教堂，亦即聖墓教堂，參加午夜彌撒。這個朝聖客緊緊跟著艾玢，不管到哪都跟他在一塊。他們來到教堂，看到許多朝聖客在那裡：有些是俄國人，有些則來自其他國家，包括希臘、亞美尼亞、土耳其、敘利亞等。艾玢隨著眾人進入聖門。

一名修士帶領他們經過土耳其哨兵看守的地方，來到當初救世主耶穌從十字架上解下後，被塗以香膏（註：古時猶太人殯葬的習俗，是在死者全身塗抹油膏，再用裹屍布包裹，最後安放入墓穴中）的地方。那裡有九座宏偉的燭台，燭火通明。這修士帶他們進入，對他們解釋各種事情。

艾玢奉獻了一支蠟燭，於是修士帶他往右邊走，踏上幾步台階，到達十字架矗立的所在。艾玢開始禱告，然後他們帶他看某處地面裂開的情狀，就是在那裡，基督雙手雙腳被釘在十字架上；下一處是亞當墳墓，基督的血在此滴進亞當的骨頭裡；接著他們又帶艾玢看基督當年坐過的石頭，在此他戴上荊棘冠冕；接著是當年綁縛住基督的柱子，祂便是在此受鞭笞。之後艾玢看到有兩個洞的石塊，那曾是基督站立的地方。他們還要繼續指引，這時人群中一陣騷動，所有人都趕往聖墓教堂。那裡拉丁彌撒才剛結束，俄文彌撒正要開始，於是艾玢跟著人群走向那岩石蓋成的墳墓。

他試圖擺脫那個朝聖者——他心裡還一直想著他犯罪的事。但這人不肯離開他，跟著他一起參加聖墓教堂的彌撒。他們努力想擠到前面去，但為時已晚。群眾人數實在太多，他們動彈不得。艾玢站著，眼睛直視前方，一面禱告，一面小心留意自己的錢包。他猶豫不決，有時想朝聖客是在騙他，有時又想倘若他講的是真話，那麼同樣的事也可能發生在他身上。

10

艾玢站在那裡，眼睛盯著小禮拜堂裡的聖墓所在地，三十六盞燈火在上頭明晃晃地照耀。他站在那裡，越過眾人的頭頂看著前方，看到了一幅令他吃驚的景象：就在燃著神聖火焰的吊燈下方，也是所有人的前面，他看到一個穿灰外套的老人，那顆閃亮的光頭跟以利沙像極了！

艾玢想：「是孿像的，但不可能是以利沙。他不可能趕在我前面。我們所搭的船，前一班是一星期前，他不可能趕得上的。何況他也不在我們船上，船上每個朝聖者我都見過。」

艾玢正在胡思亂想，那矮小的老人開始禱告了：他接連鞠了三次躬，第一次是對神鞠躬，接著對兩邊的教友各鞠躬一次。當老人的頭轉向右邊時，艾玢認出了他。的的確確是以利沙・包卓夫！兩頰原本烏黑的鬈曲鬍鬚開始有些斑白，還有他的眉、眼、鼻與臉上的神情，無一不像。就是他了！再次看到自己的同伴，艾玢高興得很，也不免疑惑以利沙為何會走在他前面。

「真有你的，以利沙！」他想：「看看他走得多快哪！他一定是碰到了誰，教他怎麼走。等我們出去了，我要去找他，甩掉這個戴大帽子的傢伙，跟以利沙在一起。他搞不好還會告訴我怎樣才能擠到前面。」艾玢不停張望，生怕一個閃神，就看不到以利沙了。

但當彌撒結束時，群眾開始騷動，推擠著去親吻石棺，艾玢就這樣被擠到一旁。他再度害怕起來，擔心錢包會被人偷走，於是用手緊緊壓住錢包，以手肘推開兩側人群，只想快點出去。他走到外頭時，花了很長時間找尋以利沙；看看找不到，又進教堂裡找。他看到教堂的密室裡，各色各樣的人四處散坐：有些人在吃東西，有人在飲酒，有人閱讀，有人睡覺。但到處都見不到以利沙的身影，艾玢只好隻身一人回客店去。

那晚，戴著大帽子的朝聖客沒現身，他就這麼離開了，沒還艾玢一盧布的錢，丟下艾玢獨自一人。

翌日，艾玢再度前往聖墓教堂。他跟在船上遇到的一名來自坦博夫的老人一道去。他試著擠到最前面，但還是被推了回來。於是他靠著石柱站著，開始禱告。他望著前面，看到以利沙就站在最前方一盞燈下，相當靠近主的墓室，他伸展雙臂祈禱，如同祭壇上的神父那樣，頭頂依舊閃亮。

「很好！這次我不會再跟丟他了。」艾玢想。他推開眾人，一路擠到最前面，但到了那兒，卻又找不到以利沙，顯然他已經離開了。

第三天艾玢持續注意，看到以利沙就站在聖墓堂裡最神聖、每個人都瞧得見的地方，張開雙臂，兩眼凝視著上方，彷彿在看著上方的某樣物事似的。他的光頭依舊閃亮無比。

「唔，這一次，」艾玢想：「我可不能再讓他躲開了！我要過去站在門邊，這樣我們就不會錯過對方了！」

艾玢走出去，站在門邊，直到中午時間已過。每個人都走出來了，但還是不見以利沙的影子。

艾玢在耶路撒冷待了六個星期，去了許許多多地方：伯利恆、伯大尼、約旦等等。他有一件新襯衫在聖墓教堂中受印，以備將來葬禮之用；他在約旦當地汲了一瓶水，拿了些聖土；他買了些蠟燭，是曾在神聖火焰的燈火中點燃過的。他在八個地方刻印上親人的名姓，替他們祈福；他留了點錢當回家的旅資，踏上了返鄉的旅途，先步行到傑法，之後搭船到奧德薩，再從那裡徒步走回家。

11

艾玢沿著來時的路回家。他離家越近，就越感到焦躁，如同他啟程時那樣——不知道他不在家的這段期間，是否一切順利。俗諺說得好：「一年水流盡（註：意指世事變化大）」。他想，人得花上一生的時間方能建立一個家，但毋須多久便能毀掉它。他又想兒子沒他在身邊該怎麼辦，不知他們今年春天過得如何，牲口如何度過寒冬，還有小木屋不曉得蓋好了沒有。

當艾玢來到去年夏天跟以利沙分開的地區，他簡直不敢相信，原本的村民都還住在這裡。去年大家都在挨餓，但他們現在看來過得很舒適。這次的收成很好，人們開始恢復元氣，慢慢忘記過去所受的苦難。

一天傍晚，艾玢走到了以利沙當時獨自留下的地方。當他踏進村莊時，一個穿著白罩衫的小女孩從屋裡跑出來。

「阿爸！阿爸！來我們家吧！」

艾玢只想繼續前行，但這女孩子不放他走。她扯住他的外套，一邊笑，一邊拉著他往小屋方向走，這時一名婦女牽著小男孩的手，從屋裡走出來，站在門廊上跟他招手。

「請進來吧，爺爺！」她說：「跟我們一起吃晚餐，留下來過夜吧。」

於是艾玢走了進去。「我最好來問問以利沙的事，」他心想：「我猜他那時就是進這間屋子討水喝的。」

這女人替他解下行囊，打水來讓他洗臉。接著她請他在餐桌邊坐下，拿來牛奶、乳酪蛋糕、麥片粥，通通放在他面前。艾玢向她道謝，誇讚她對朝聖的旅人如此親切。但她搖了搖頭。

她說：「我們對朝聖的旅人這麼好是有原因的。之前有個朝聖客讓我們知道什麼是生命。我們本來過著不敬神的生活，神因此嚴厲地責罰我們，大夥兒幾乎快活不下去。去年夏天我們性命垂危，奄奄一息地躺著，沒東西可吃。我們本來注定要死的，但誰知神派了一個老人來幫助我們，年紀就跟您差不多。他有天走進來要水喝，看到我們的情況，就對我們產生同情，留了下來。他不但給我們食物跟飲水，還幫助我們重新站起來，替我們贖回田地、還送我們一匹馬跟雙輪馬車呢。」

這時一名老婦人走進小屋裡，打斷了這婦人。她接下去說：「我們不知道他到底是一個人，還是神派來的天使。他愛我們每個人、憐憫我們，但直到他走，都不肯說他的名字，所以我們根本不知道該替誰禱告。如今我還能清楚看到當時的情況。我躺著等死，突然看見一個禿頭老人走進來，長得實在不怎麼樣，他是來跟我們討一杯水喝的。我真是個罪人，那時心裡還想著：『他打算來這裡搜刮啥東西啊？』可是想想他為我們做了多少事！他看到我們這樣子，就放下布袋，喔，就是放在這裡，然後解開袋子。」

此時小女孩也加入說話。

「不，奶奶！」她說：「他是先放在房子中間的地上，然後再拿起來放到長凳上的。」

於是她們開始討論那天的情景，回想他說了什麼話、做過什麼事，他在哪兒坐下、在何處睡覺，他對屋裡每個人講過的話。

到了晚上，農夫騎著馬回來了，他也開始跟艾玢聊起以利沙的種種、跟他們住在一起的情狀。

「若不是他，我們通通都會懷著罪惡死去。我們會在絕望中死去，嘴裡喃喃抱怨著神跟其他人的不是。但他幫助我們重新站起來，從他身上我們學會認識神，也開始相信人性中有好的一面。願上主保佑他！以前我們過的日子與動物沒兩樣，是他讓我們成為真正的人。」

這家人給了艾玢食物和飲水，帶他去睡覺的地方，然後他們自己也躺下睡了。但艾玢睡不著。他腦中一直盤旋著以利沙的事，也想起他在耶路撒冷見過他三次的情景，每次他都站在最前面。

「難怪他會走在我前面！」艾玢心想：「神可能接受了我的朝聖，也可能不肯接受，但神無疑接受了他朝聖的心意！」

隔天早上，艾玢跟這家人道別，他們還在他的袋子裡放了些小肉餡餅，才各自去幹活。艾玢繼續回家的路。

12

艾玢離家不過一年光景，春日裡一個傍晚，他到家了，剛好是他當初出發的季節。他兒子不在家，跑到酒館喝酒去了——他回家時，看來是喝多了點。艾玢開始盤詰兒子，所有跡象都顯示這年輕人在父親離家期間，過著放蕩的生活，他把錢揮霍得一乾二淨、交代的事沒有一件做好。於是這老父親開始教訓兒子，兒子也不滿地回嘴。

「那你為什麼不留在家裡自己照看？」兒子說：「你帶了一筆錢就走了，現在你還來問我要錢！」

老人很生氣，動手打了他兒子。

第二天早上，艾玢去村裡的長者中心，申訴他兒子的所作所為。途中他經過以利沙的屋子，以利沙的老婆站在門廊上跟他打招呼：「親愛的朋友，最近怎麼樣啊？你最後平安到達耶路撒冷了嗎？」

艾玢停住腳步。「是啊，感謝主！」他說：「我到過那裡。我找不到你家老頭子，不過我聽說他先前已經平安回家了。」

這老婦人挺愛說話，她回答：「可不是嗎！鄰居，他已經回來了，回來很久囉！嗯，大概是在聖母升天節過後沒幾天，他就到家了。我真高興主讓他回來跟我們團聚！他不在的時候，我們都覺得日子真無聊。其實我們不指望他像過去那樣做那麼多工作，他這把歲數已經不適合操勞了。不過他還是一家之主，何況有他在家，日子就開心得多。我們的兒子多高興哪！他還說：『爸爸不在家時，就像活著沒有陽光。』唷，老朋友，沒他的日子真的很無聊。我們一家子都很喜歡有他在，好好地照顧著他呢。」

「他現在在家嗎？」

「在啊！親愛的朋友，他在忙蜜蜂的事，正把蜂群一一趕進蜂巢裡。他說今年繁殖的情況很不錯。感謝主，這群蜜蜂活力充沛，我丈夫說從沒見過狀況這麼好的咧！他說：『主不計較我們的罪，依舊給我們賞賜。』進來吧！親愛的鄰居，他見到你一定會很高興的。」

艾玢走過通道，來到庭院裡的養蜂場，看見以利沙。以利沙穿件灰色外套站在樺樹下，沒戴防護面罩，也沒戴手套，他仰著臉往上看，雙臂伸長，光頭閃亮，如同艾玢在耶路撒冷的聖墓堂裡看到的那樣。太陽透過樺樹扶疏的枝葉篩下光線，看來就像聖地裡的火焰；金黃色的蜜蜂繞著他的頭頂飛舞，如同光暈，而且從不螫咬他。

艾玢止步，老婦人叫喚她丈夫：「你朋友來找你啦！」

以利沙神情愉悅地回過頭來，朝艾玢走過來，輕輕地從鬍鬚中抓出蜜蜂。

「早安，鄰居。今天好不好啊？我的好朋友。你平安到達那裡了嗎？」

「我走到了那裡，給你帶了些約旦河的水回來，你一定要來我家拿。但我不知道主是否接受我這番心意……」

「感謝上主！願基督保佑你！」以利沙說。

艾玢沉默了一會，又開口說：「我是走到了那裡，但我不知道我的靈魂、還是其他人的靈魂，更真實地到達了那裡……」

「這事交給神操心吧，好鄰居，這事由神做主。」以利沙打斷他的話。

「回程時，我在你先前停留的那間小屋稍作休息……」

以利沙不由得大吃一驚，急忙說：「這事由神做主，鄰居，由神做主！進屋裡吧，我送你一些自家釀的蜜。」以利沙換了話題，開始談起家中大小事。

艾玢只好嘆口氣，不再跟以利沙說及小屋裡的一家人，或他曾在耶路撒冷見到他的事了。但如今他已明白，人若要信守對神的誓言、奉行神的旨意，便得在活著時多行善事，並且實踐對他人的愛。

三名隱士

（流傳於現今伏爾加一帶的傳說）

「你們禱告，不可像外邦人，用許多重複話，他們以為話多了必蒙垂聽。你們不可效法他們；因為在你們沒有祈求以先，你們所需用的，你們的父早已知道了。」

——《馬太福音》第六章第七～八節

有名主教從艾爾漢格斯科出發，搭船航向索羅維斯科修道院，船上還有幾名朝聖客，打算前往拜訪索羅維斯科當地的教堂。

航程十分平靜，一路上吹著順風，天氣和煦。朝聖客躺在甲板上，有人在吃東西，有的三三兩兩聚在一處談天。主教也走到甲板上，就在他來回踱步時，他注意到有幾個人站在船頭，正在聽一名漁夫說話，那漁夫指著海面，不知在說什麼。主教停下腳步，往漁夫所指的方向看去，但什麼也沒瞧見，只見大海在陽光下粼粼閃耀著光芒。他走近些想聽清楚，但這男人一看到他隨即脫帽，住口不講了。其餘幾個人也脫下帽子，對他行禮。

「朋友，請不要管我，繼續說吧！」主教說：「我想來聽聽這個好人在說些什麼。」

其中一人回答：「漁夫在跟我們說隱士的事呢。」這人是個商人，看起來比其他人都膽大。

「什麼隱士？」主教一面問，一面走到船舷的一側，找了個箱子坐下來：「跟我說說他們的事，我想聽。你剛剛在指什麼？」

「噢，就是您看到的那邊那個小島。」這人回答，指著前方略靠右方的一小點：「幾位隱士就住在那島上，在那裡靜修呢。」

「島在哪裡？」主教問：「我什麼也沒看見。」

「喏，遠遠的那邊，請你順著我手的方向看，看到那朵小雲了嗎？就在那下面，稍微往左一點，有沒有看到模糊的一條線？那就是島了。」

主教看了又看，但他的目光不習慣看遙遠的地方，只看見海水在陽光下閃閃發亮。

「我沒看到。」他說：「住在那裡的隱士是誰？」

「他們都是聖潔的人。」漁夫答道：「很久以前我就聽過別人提起他們，但一直沒機會親眼目睹，直到兩年前才見到他們。」

於是這漁夫說起，有回他出海捕魚，那晚便被困在那小島上，搞不清楚自己在哪裡。第二天早上，他在島上四處走動，發現了一間夯土屋，旁邊站著一個老人。正在這時，另外兩個人也從屋裡走出來。他們拿東西給他填肚子，烘乾他的衣物，還幫他修好船隻。

「那他們長什麼樣子？」主教問。

「其中一個個子矮小，駝著背，穿著牧師穿的袍子，樣子很老，我敢說他起碼有一百歲了，非常非常老，白鬍子都泛出一點綠色了，不過他總是帶著微笑，臉色明亮，就像下凡的天使；第二位呢，個頭比較高，但看起來一樣老，他穿著破舊的外套，就是農夫常穿的那種樣式，留著大把鬍子，顏色灰黃灰黃的，這人很硬朗，我還沒時間去幫他忙，他獨個兒就把我的船翻轉過來，就像把水桶倒過來那麼輕鬆，他看來同樣和善爽朗；第三位是高個子，鬍子跟雪一樣白，長及膝蓋，他面貌嚴厲，雙眉長長懸垂下來，他沒穿衣服，只拿一張蓆子裹住腰間。」

主教問：「他們有跟你說話嗎？」

「他們大部分時候都是默默地做事，連彼此都很少交談。其中一個只要瞄上一眼，另外兩個就懂他的意思了。我問個頭最高的老人，他們是不是已經在那兒住很久了，他皺起眉頭，喃喃說了幾句，好像在生氣的樣子。不過最老的那個握住他的手，對他微笑，高個子就不再說什麼。年紀最大的老人只說：『憐憫我們吧。』然後微笑。」

在漁夫說話之際，船隻漸漸行近那小島。

「喏！您若還想看，現在就可以看得一清二楚了。」那商賈手指前方。

主教抬起眼瞧，果真看到黑黑的一道線，就是那座島了。他凝目注視了一會，起身離開船頭，走向船尾，問舵手道：「那座島叫什麼名字？」

「那個啊，」這人回答：「沒有名字。這片海上，有很多這樣的島。」

「真有幾個隱士住在那兒，虔誠地靜修嗎？」

「有人是這麼說的，主教大人，不過我不知道是不是真的。有些漁夫說見過他們，不過他們也有可能只是瞎編吧。」

「我想到那座島上，看看那些人。要怎麼去？」

舵手回答：「這艘船沒辦法靠近那島，不過你可以划小船過去。你最好跟船長說。」

主教派人去請船長過來。

「我想見見這些隱士！」主教說：「能不能划船送我過去？」

船長勸他別去。

「是可以這麼做沒錯，」船長說：「但這樣就會損失很多時間。而且主教大人，請原諒我大膽直言，這些老人不值得你大費周章去見上一面的。我聽別人說，他們只是一群愚笨的老傢伙，什麼也不懂，一句話也不說，跟海裡的魚沒多大分別。」

主教說：「我想見他們。我會付錢，算是補償給你帶來的麻煩跟時間上的損失。請借我一艘船吧！」

船長發現無法說服他，只好下令改變航程。水手們調整船帆的方向，舵手也重新掌舵，於是這艘船改變航線，駛往那座島。有人搬來一張椅子放在船頭，讓主教坐，他便坐在那裡，盯著前方看。所有的乘客都往船頭聚攏，一齊凝望著小島。這時眼尖的人已經看到島上的大石，再來是泥土屋。最後有個人看見了這幾名隱士。船長拿了副望遠鏡來，對準瞧了一會，遞給主教。

「應該沒錯！現在有三個人站在岸上，喏，就在那塊大石頭稍微偏右一點的地方。」

主教拿過望遠鏡，調好焦距，便看到這三個人：一個高個兒、一個略矮些、還有一個非常瘦小彎著腰的，都站在岸邊，手牽著手。

船長轉身對主教說：「這船不能往前進了，主教大人。如果你想上岸，我們必須請你上另外一隻小船，我們會先在這拋錨停靠。」

於是水手很快地拋出船纜、定錨、捲起船帆，準備泊岸。突然猛一拉，船身震動搖晃，一艘小船從上方降下，槳夫跳進小船，主教也攀著梯子下來，在船裡找個位置坐下。槳夫撐起槳，船隻快速地朝小島前進。即將靠岸時，他們看到三名老人，一個高高的，僅在腰間繫上一片草蓆；一個略矮些，身上是一件破舊的農夫外套；還有一個年歲很大了，駝著背，穿著舊式的牧師袍。三人手牽著手站在一起。

槳夫把槳收攏，緊緊拽住船鉤，好讓主教上岸。

幾個老人對主教躬身行禮，他也行降福禮給他們，於是他們腰彎得更低了。然後主教開始對他們說話。

「我聽說你們是聖潔的人，定居在這裡讓靈魂得到救贖，也為同胞向我們的主耶穌祈禱。我只是事奉耶穌微不足道的僕人而已，受到上帝恩慈的召喚，要保守、教導追隨祂的人群。我想見你們，因為你們也是上帝的僕人，同時我要盡我所能教導你們。」

三名老人互相對望，開始微笑，但還是不發一語。

主教說：「我想知道，你們做了什麼事來拯救靈魂，還有你們在這島上如何服事上帝。」

個頭第二高的隱士嘆了口氣，望向年歲最大的那個，後者露出笑容，說：

「我們不知道怎麼服事上帝，我們只是自給自足，做神的僕人。」

「但你們是怎麼跟上帝禱告的？」主教問道。

隱士回答：「我們是這樣禱告的：『祢們有三位，我們也是三個，請垂憐我們吧。』」

這老人一說完，三個人都抬起眼望天，重覆一次說：「『祢們有三位，我們也是三個，請垂憐我們吧。』」

主教露出微笑。

「顯然你們都聽過神聖三位一體的說法，可是你們這樣禱告是不對的。聖潔的人啊，我已經開始關愛你們，因為我看得出你們想讓上主高興，但你們不知道如何服事祂。禱告不是這樣的，現在聽我說，我會教你們，不是以我自己的方式，而是聖經裡上帝命眾人向祂禱告的方式。」

主教開始對隱士們解釋，上帝如何在人們眼前示現，告訴眾人上帝是聖父、是聖子、也是聖靈（註：又譯「聖神」）。

主教繼續說：「聖子基督降臨世間，拯救人類，祂便是這樣教我們禱告的。

聽著，跟著我複誦：『我們的父！』」

第一個老人跟著他唸：「我們的父！」第二個也唸：「我們的父！」第三個接著唸：「我們的父！」

主教接著唸：「在天上的父！」

第一個隱士複誦道：「在天上的父！」但第二個開始結巴；而高個子的隱士沒辦法好好唸，他的頭髮太長，把嘴唇都蓋住了，話也說不清楚；非常老的那個隱士，牙都掉光了，也是含混不清地唸著禱文。

主教又唸了一遍，三位老人也跟著唸了一遍。主教坐在石頭上，三位老人站在他面前，盯著他的嘴唇，跟著他複誦。一整天下來，主教費力地教他們唸，唸到二十遍、三十遍、甚至一百遍，老人也都跟著他唸。他們唸錯時，主教不厭其煩地糾正，叫他們從頭開始。

主教把整篇〈主禱文〉教完之後，才離開島上，這樣他們就不只跟著他唸，還能自己唸了。不高也不矮的那個老人是最早學會的一個，獨自唸完全部的禱文。主教要他一再複誦，複誦到最後，另外兩個也都會了。

天色漸暗，直待月光灑在水面上時，主教才起身準備返回船上。他向老人們告別，三個人都拜倒在地，對他行禮。他拉他們起身，吻了吻他們，要他們依照他所教的那樣祈禱。然後他就上了小船，打算返回大船。

主教坐進小船後，槳夫便開始划船，他聽到三個隱士大聲複誦〈主禱文〉、此起彼落的聲音。待小船划近大船時，唸誦的聲音已經渺不可聞了，但仍舊可以望見他們沐浴於月光下，站在岸上的身影，最矮的站在中間、最高那個站右邊、不高不矮的站在左邊。當主教登上大船時，水手便拔錨，扯起船帆，準備再度啟航。風把船帆吹得鼓漲，船隻開始航行，主教在船尾找了個位置坐下，看著他們即將駛離的島。一開始他還能望見三個隱居老人，但慢慢他們淡出了視線，只剩小島清晰可辨。終於連島也消失了，眼前只有大海，在月色下閃著粼粼波紋。

朝聖客都躺下準備睡覺，甲板上一片寂靜。主教沒有睡意，獨自一人坐在船尾，凝視再也望不見小島的海面，心裡想著善良的老隱士。他想他們學會了〈主禱文〉是多麼高興啊，於是開始感謝上帝，派他去教導這幾名聖潔的老人。

這名主教就這麼坐著，一面想，一面遠望海面。月光在他眼前閃爍，一忽兒這裡、一忽兒那裡，海浪起伏，月色溶溶。月亮投射於海面如一匹白布，陡然間他看到一抹閃耀的白影，劃過白布。那是海鷗嗎？還是哪艘小船的帆布呢？主教定睛凝望，猜不出是什麼東西。

「那一定是跟在我們後面航行的船！」他想著：「但速度夠快，快要趕上我們了。一分鐘前還離得很遠呢，現在已經這麼近了。不，不可能是船，我看不到帆哪！但不管是什麼，它是跟著我們沒錯，快追上我們了。」

他猜不出那是什麼東西，不是船也不是鳥、更不像魚！看起來比一個人還大，話說回來，一個人不可能站在海中央啊。主教站起來，對舵手說：「朋友你瞧，那個是什麼？那是什麼？」主教連問了兩聲，雖然他現在已經看清楚眼前的景象了——那是三名隱士踏著波浪而來，他們周身發散光芒，灰白的鬍鬚上閃耀著光彩。三人迅疾地接近這艘船，速度之快，彷彿船本身靜止不動似的。

舵手也看到了，他驚懼地放開船舵。

「主啊！那些隱士在水面上追趕我們的船，簡直就像走在平地上！」

乘客們聽到他的話，都躍起身，跑到船尾來。大家看到隱士們手牽著手前行，左右兩邊的隱士開口請船隻先停下，三人的腳紋風不動，在海面上輕巧地滑行。但在船停下來之前，隱士們已經迎頭趕上，抬起頭異口同聲地說：「上帝的僕人啊，我們忘記你教我們的話了。只要我們不斷重複唸，就會記得，但只要停住不唸，就會漏掉一兩個字，現在那段話變得支離破碎，我們都記不清了。請再教我們一次！」

主教在胸前劃了個十字，從船舷向前探身，說：「聖潔的人，你們的禱告，主會聽見的。我沒資格教你們。請你們替我們這些罪人祈禱吧！」

主教彎下腰去，向這些老人行禮；老人們轉過身，踏浪而去。只見籠罩著他們的光芒閃爍，直到天空露出曙光，再也看不見他們的身影為止。

一個人需要多少土地？

1

有位姊姊去拜訪住在鄉間的妹妹。姊姊嫁給城裡的商人，妹妹則是跟村中的農夫結了婚。姊妹倆坐著喝茶談天，姊姊開始誇耀城裡生活的種種好處：日子過得多麼舒適、小孩子都穿著漂亮衣服、吃的喝的無不是上等貨、她常去戲院看戲或開車兜風……總之娛樂消遣多得說不完哩。

妹妹聽她這麼說，便賭氣開始數落商人生活的缺點，一一列舉農家生活的好處。

「我才不願意過妳過的生活呢！」她說：「我們或許生活平淡了點，但至少不必煩惱。妳過得比我們優渥，可儘管你賺得比所需要的多，妳很可能會失去擁有的一切。妳應該聽過這句老話：『失與得是親兄弟』，常聽人說那些曾經很富有的人，沒過多久就在街上向人討麵包吃了。我們的路比較安全，雖然農人的生活並不豐裕，至少長長久久；我們雖然不會變得有錢，但我們永遠不虞匱乏。」

姊姊嗤之以鼻，不屑地說：「不虞匱乏？是啦，如果妳喜歡跟豬啦、牛啦分享食物的話。妳哪知道什麼叫優雅、什麼是禮儀？不管妳的好丈夫怎樣死命幹活，你們這輩子就是注定跟糞堆為伍，連妳的小孩也一樣！」

「什麼？這話是什麼意思？」妹妹回答道：「沒錯，我們的工作粗重又辛苦，可是，從另一方面來說，這是踏實的工作，而且也不需要對人卑躬屈膝。妳住在城裡，那裡充滿了誘惑，或許今天沒事，但明天邪惡就現身了，可能會引誘妳先生玩牌、喝酒作樂、甚至勾搭女人，然後所有的一切便化為烏有。這種事不是常有的嗎？」

家裡的男主人，帕霍，正躺在炕床上，聽兩個女人談天。

「完全沒錯。」他想：「我們從小就必須下田，耕耘如母親般哺育我們的大地，做一個農夫，完全沒空去想那些稀奇古怪的事。唯一的問題是土地太小，假如我能得到夠大的地，就算魔鬼親自來，我也不怕！」

兩個女人喝完了茶，又聊了一會穿衣打扮的事，便收拾好桌上的杯盞，躺下來睡覺。

但魔鬼那時也正坐在炕床後面，每句話都聽到了。他很高興那位妻子幾句話就誘使男主人說大話，居然敢說出「只要給我足夠的土地，即使魔鬼來我也不怕」這樣的話來。

「好吧！」魔鬼思忖：「現在不妨來鬥一下。我會給你夠大的土地，憑著那塊土地，我就不信你不會落入我手掌心！」

2

村莊附近住了個略有資產的女人，是個小地主，擁有約一百三十公頃土地。以前她跟這些農民維持不錯的關係，但後來她請了個退役的軍士來當管家，經常害當地人繳罰款。無論帕霍多小心翼翼，三不五時就有狀況發生：有時是他養的馬跑去嚼這女人種的燕麥，或母牛不小心踱到她的花園裡；有時是新生的小牛犢不知怎地晃到她家草地上。每次遇到這種情況，他就得繳納罰金。

帕霍當然照付，但難免心情差、抱怨連連，一回家就找人麻煩。那年夏天，因為這個管家的緣故，帕霍惹上不少麻煩；冬天來臨時，照例該把牛隻關在棚裡，帕霍甚至因此高興。雖說他得多準備飼料供牛隻嚼食（這點讓他咕噥了好一陣子），但至少他不必再煩惱發生糾紛了。

冬天時，有消息傳出那女人想賣掉土地，而大街上的那間酒館老闆已跑去找她議價。附近農民聽到這消息，都很驚慌。

「這樣可不妙！」他們想：「要是讓那酒館老闆買到這塊地，他肯定比那女人的管家還囉嗦，到時要繳的罰款就更多了。我們都是靠土地過活的呀。」於是這群農夫就以村社的名義出面去找這女士談，請她別把那塊地賣給酒館老闆，他們願出更高的價錢買下。女士答應賣給他們。這群農夫接著再去找村社協調，買下這片地。如此一來，這塊土地就由村社裡的人共同持有。為了這件事，他們開了兩次會，但還是沒有結果。魔鬼在他們當中撒下紛爭的種子，眾人各持己見，不肯相讓。最後他們決定各買各的，每個人依照自己的財力出資，一起買下這塊地。這女士也同意了。

帕霍聽說一個鄰居準備買下五十畝地，那女士也同意他先付一半現金，剩下的可以等一年後再付。帕霍感到一陣忌妒。

他心想：「看看，這塊地整個賣出去了，我還是什麼也沒有。」於是他跟老婆商量。

「其他人都在買地，」他說：「我們也買個二十畝左右吧。日子越來越難過了，那個管家是要用罰金砸死我們哪！」

於是他們開始埋頭討論，仔細商量怎樣才能夠湊到錢買地。目前手頭上有一百盧布沒動，然後賣了一匹小馬、一半的蜜蜂，再叫他們一個兒子去外面工作，請老闆先發工資，最後跟姊夫再借一筆錢，補足缺額，東拼西湊，總算湊足一半的錢。

湊到錢以後，帕霍思考再三，選中一塊四十畝、含有部分樹林的田地，跑去找這女士談價錢。最後雙方談妥條件，他便與她握手為定，先付了訂金。接著他們去城裡簽訂契約，他拿出一半的錢付款，說好兩年後付清另一半。

現在帕霍擁有自己的土地了。他借來種子，播撒在剛買來的這片土地上。那年收成很好，不到一年他就把欠那女士跟姊夫的錢通通還清了。他變成了一個地主，種的是自己的地，在自己的地面上曬稻草、砍伐屬於自己的樹木，在自己的牧草地上放牧牛隻。每當他出門去耕種，看著不斷抽長的穀穗或那片綠草地，他心中便充滿了喜悅。小草茁發、花朵盛放，看起來就是跟其他地方不一樣。先前每當他經過這裡，總覺得不過就是尋常土地，如今看來卻是完全不同了。

3

帕霍心滿意足，每件事都很完美，唯一的缺點是附近農夫老是踩到他的農田和牧草地。他好言好語地拜託他們別踩過界，但他們依舊我行我素，不久連村社裡的牧人都放任母牛隨意晃到他的草地，晚間放出來嚼草的馬匹也開始啃食他種植的作物。帕霍一次又一次驅趕，沒跟這群牲畜的主人計較，很長一段時間他都忍著不去告發，但後來他終於忍無可忍了，一狀告上地方法院。他知道會產生這些糾紛，都是因為那些農夫沒有屬於自己的農地，他們並不是故意搗亂，但他想：「我不能再坐視不管了，要不然他們會毀掉這一切。我得讓他們學到教訓。」

他不再對他們睜一隻眼、閉一隻眼，到法院去告了幾次狀，其中兩三個農人不得不繳罰款。過了一段時間，他的鄰居開始心生怨懟，有時候故意放縱牛隻到他的土地上撒野。甚至有農夫晚間跑到帕霍的樹林裡，砍下五株剛長成的西洋菩提樹，剝下樹皮帶走。有天帕霍經過樹林時，注意到某樣東西白白的，他走近一看，發現剝掉樹皮的樹幹歪七扭八倒在地上，旁邊的殘幹標示出原先樹木的位置。帕霍氣得要命。

「如果他是這邊那邊砍個一兩棵，那也就夠壞的了。」帕霍想著：「但這壞蛋是砍下這整片樹叢！等我找出是誰幹的，我非跟他好好算這筆帳不可。」

他絞盡腦汁想了又想，最後總算得出一個結論：「肯定是薛曼，除了他，沒人會幹這種事。」他跑到薛曼家裡，裡裡外外巡過一遍，什麼也沒找到，但兩人免不了大吵一架。雖然沒找到證據，他卻更加堅信就是薛曼幹的，於是他又一狀告到法院去。法院傳喚薛曼，這案子審了又審，最後仍因為找不到證據，薛曼無罪開釋。帕霍益發惱火，當庭對陪審的長者與法官開罵。

他說：「你們肯定拿了這些竊賊的好處。如果你們自己是誠實的人，就不會讓小偷逍遙法外。」

就這樣帕霍跟法官、鄰居們都產生了嫌隙。有人威脅要燒掉他的房子。所以儘管他擁有的土地變多了，帕霍在村社裡的地位卻一落千丈。

這時有流言說，不少人正準備移居到新地區。

「我根本沒必要搬。」帕霍想：「只要有些人肯搬走，我們的地方就變寬了，然後我會接收他們的土地，這樣我的產業就變多了，到時生活也會變得更好過。現在地方還是太小，日子還談不上舒服。」

有一天帕霍在家休息，一個路過村莊的農夫走了進來。帕霍留他在家過夜，請他吃晚餐。他跟這農夫聊天，問他打那兒來，這陌生人說他來自伏爾加河上游地區，在那裡工作。就這樣聊啊聊的，這人說起不少人開始搬到那一帶地區定居，他說他村裡也有一些村民搬到那裡去，加入當地村社，每人可持有二十五畝地。他還說那土質之好啊，種下去的黑麥一下子就竄得比馬還高，而且又厚又密，得用鐮刀連割五次才算割完一束麥。他還說有個農夫，什麼家當也沒帶，兩手空空就去了，現在已經掙到了六匹馬、兩頭母牛呢。

帕霍的心躍躍欲試，他忖道：「要是別的地方那麼棒，我幹嘛在這種小地方活受罪？我要賣掉這裡的土地跟家園，有了這筆錢，我就可以在別處重新開始，什麼都是新的。這裡到處人擠人，麻煩總是沒個完。不過我得先去那裡一趟，看看實際情況怎麼樣再說。」

春末夏初時，他打理好行囊出發了。他先乘船沿伏爾加河到薩馬拉，然後徒步走了三百哩，終於抵達目的地。的確正如那陌生人所說，這兒的農人耕種土地廣大，每個人都可從公有村社拿到二十五畝地，若是手上有錢的話還能多買，最好的地每一畝只要三盧布，隨人想買多少都行。

帕霍親眼見證以後，秋天來臨時便啟程返家，一回到家後便開始變賣財產家當。他把土地賣了個好價錢，賣掉房子跟牲口，退出本地村社。翌年春天一到，他便迫不及待地帶領一家人遷往新地方。

4

帕霍帶著一家人來到新住處時，就申請加入其中一個大村的公有村社，成為會員。他招待了村社長輩，拿到必需的文件。於是公有村社給了他五份土地，供他跟他兒子使用，也就是總共一百二十五畝地（土地並未相連，而是分散在不同地區）；另外他們也可使用村社的草地。帕霍自己蓋造房屋，又買了牲口。光是村社給的地，就比他先前擁有的多出兩倍，更別提這裡土質豐沃，最適合種植作物。他的生活比過去富裕十倍有餘，擁有適於耕種的廣闊農地，又有草地，想養多少頭牛，也隨他心意。

剛開始時，他心滿意足地忙著搭建房子安頓一家人。但當他適應了這一切後，他開始覺得自己的土地仍然不夠多。第一年，他在村社發給的土地上種植小麥，收穫不錯。他想繼續種小麥，但覺得村社給的地不夠，而他目前正在耕作的土地又派不上用場，因為當地習慣在未開墾之地或休耕地上種小麥。一塊地只能連續耕種一、兩年，就必須休耕，直到再度長滿牧草為止。大家都想要這樣的地，但僧多粥少，不夠分配，於是開始產生爭執。情況比較好的農人，想用這地來栽種小麥，情況較差的會想租給土地掮客，收點租金好繳稅。帕霍很想種更多小麥，於是他向一名掮客租下一年的地。他種了更多的小麥，照例豐收，但那片土地離居住的村子有十哩之遠，他必須駕馬車去載。又過了一段時日，帕霍注意到有些本身也務農的掮客，住在分散的農場，變得越來越有錢。於是他想：「假如我能夠買下一些能夠終身持有的土地，在上面蓋房舍，事情就完全不一樣了。這片家園就是我的了，完整無缺，多麼好啊！」

買下「終身持有的土地」這事開始在他心中盤繞。

他跟人家租地種植小麥，一連三年皆如此。這三年節氣好、雨水足，作物收成都很好，他開始累積財富了。本來他該心滿意足，但這時他開始對每年向別人租地感到不滿。況且每年都得費一番波折，競租的人不少。無論哪裡有塊好地，得到風聲的農民總是一窩蜂地搶，馬上就被搶走，除非你眼明手快，不然只能落空。第三年時，他跟一名掮客集資，跟另外幾個農夫租下一塊牧草地。就在他們犁完土時，兩人跟這些農民起了爭執，農民控告他們，這場交易就此告吹，先前做的工都白費了。帕霍想：「如果這地是我的，我就可以自己做主，這些不愉快都不會發生。」

於是帕霍開始物色土地。這時有個農夫告訴他，他剛買下一千三百畝地，但碰到困難，想便宜脫手。帕霍跟他討價還價好幾次，最終以一千五百盧布成交，約定先付部分現金，其他的過段時間再付。本來這件事已經差不多談妥了，但有天突然有個商賈路經帕霍家，跟他討些草料餵馬。這商人坐下跟帕霍喝茶，兩人聊了一會。商人說他才剛從遙遠的巴什基爾回來，他在那裡用一千盧布買到一萬三千畝土地。

帕霍問了他幾個問題，這人說：「你只須跟當地酋長混熟，什麼事都很簡單。我只送了價值一百盧布的長袍跟地毯，再加一盒茶葉，然後再送些酒給愛喝的人，這樣我就以不到五戈比的價錢，買到一畝的地。」

他還把地契拿出來給帕霍看，說道：「這地靠近一條河，一整片草地都還沒開發過咧。」

帕霍又試探地問了幾個問題，商人回答：「那邊土地真的很大，你就是走上一年也走不到盡頭，都是屬於巴什基爾人所有。那邊的人像綿羊一樣單純，跟他們買地，便宜得不像話啊。」

「想想看！」帕霍思忖道：「我現在有一千盧布，為什麼只能買一千三百畝，還要欠下一筆錢？如果我去那裡買，用同樣的錢，我可以買到不止十倍的地。」

5

帕霍細問那商人，怎麼才能到達那地區。那人前腳剛走，他便準備動身，親自走訪。他囑咐妻子照看家裡，帶著一名僕人就出發了。途經一座城鎮，他們便在那裡買了一大盒茶葉、幾瓶酒、還有一些禮物，完全照那商人說的辦。

他們繼續前行，走了三百多哩路，第七天才走到一處巴什基爾人紮營的地方。一切正如那商賈所說，這些人住在大草原上的圓頂帳篷中，逐水草而居。

他們既不耕種，也不吃麵包，放任牛隻、馬匹在草原上嚼草，把小馬繫在帳篷後面，母馬一天來兩次，餵這些小馬喝奶，牧民也擠馬奶釀成馬奶酒。女人們負責釀馬奶酒及乳酪，至於男人呢，整天就是啜飲馬奶酒、喝茶、吃羊肉、抽煙斗而已。這些人身體健壯、性格愉快，長長的夏天過去了，沒人想過該出門工作。他們對世事一竅不通，不會說俄語，但待人都極良善。

這些人一見到帕霍，紛紛從帳篷走出來，在他身邊圍攏。他們找來了一名通譯，帕霍告訴他們，他來此是為了買地。巴什基爾人聽了都很高興，請他到陳設最舒適的帳篷裡，挪好放在地毯上的坐墊，請他上座，一群人圍著他坐下。這些人還請他喝茶及馬奶酒，宰了一頭羊，烹煮羊肉招待他享用。帕霍從馬車中拿出禮物及茶葉，分送給在場的人。巴什基爾人更加欣喜，互相討論了許久，然後請通譯傳達他們的意思。

「他們想告訴你，」這名通譯說：「他們喜歡你，而且我們這兒的習俗是盡力使我們的客人高興，並回贈禮物。你既然送了我們禮物，現在就直接告訴我們，你最喜歡我們這裡的哪樣東西，我們願意奉上給你。」

「這裡我最喜歡的東西，」帕霍回答道：「是你們的土地。我們那裡地狹人稠，土壤養分都消耗盡了。但你們這裡的土地不但大，土質又好，我從沒見過這樣好的地。」

通譯把話翻譯給他們聽。這些巴什基爾人又談了一會，帕霍聽不懂他們的話，但他們似乎覺得這事很有意思，又叫又笑。過了沒多久，他們靜下來看著帕霍，通譯說道：「他們想叫我告訴你，為了回報你送的禮物，你要多少地他們都願意給。你只要用手一指，那地就是你的了。」

巴什基爾人又說了一陣子話，之後開始爭執。帕霍問通譯他們在爭什麼，通譯告訴他，有些人覺得該等酋長回來再處置土地的事，但也有人認為沒必要等他回來。

6

巴什基爾人還在爭執時，一名穿著寬大狐狸皮袍的人出現了，大夥都安靜下來，起身迎接。通譯說：「這就是我們的酋長。」

帕霍立刻拿出最好的長袍跟五磅茶葉，獻給了酋長。酋長收下禮物，回身坐在主位上。巴什基爾人馬上你一言、我一語跟他說話，他聽了一會，點了點頭，示意大夥兒安靜，臉轉向帕霍，以俄語說：「好吧，就是這樣，你愛哪塊地隨便你挑，土地我們多的是。」

「我真的可以想拿多少就拿多少嗎？」帕霍心想：「我必須拿到地契才有保障，不然他們現在說：『這是你的』，之後可能又要收回去。」

「謝謝你們的和善！」他大聲地說：「你們土地廣大，但我只想要一點點。不過我想確定哪一部分是屬於我的，能不能把面積丈量一下，讓渡給我？生死掌握在神的手裡，未來怎樣很難說。你們人很好，把土地給了我，但萬一以後，你們的子孫想拿回去呢？」

「你說得沒錯！」酋長說：「我們會讓渡給你。」

「我聽說之前有個商人來過這裡，」帕霍繼續說：「你們也給了他一點土地，簽了地契之類的證明。我想比照這種方式辦理。」

酋長表示了解。

「是的，」他回答：「其實不難辦。我們這裡有代書，我們可以陪你一道去城裡，簽妥地契。」

「那麼價格是多少？」帕霍問。

「我們的價錢都是一樣，一天是一千盧布。」

帕霍聽不懂。

「一天？丈量單位是什麼？這樣要算多少畝呢？」

「我們不會計算，」酋長回答：「我們是以一天的時間來賣土地。你在一天之內雙腳踏過的地，就都是你的，價錢是一天一千盧布。」

帕霍非常驚訝。

「但我們一天可以走上一大片土地耶！」他說。

酋長笑了。

「那全都是你的！」他說：「只是有個條件，假如你沒能在當天結束時回到出發的地方，這筆錢就沒了。」

「但我要怎麼標示自己走過的路呢？」

「喔，你可以指定一個地方，我們會有人待在那裡。你得拿把鏟子從那裡出發，覺得有必要的時候，就劃下一道記號。你每轉向一次，就挖一個洞，用草填滿。我們會跟在後頭，沿著這些洞，用鐵犁劃過。你想繞多大的圈隨你高興，只是別忘了在太陽下山前回到出發的地方。這段時間，你經過的土地，都是你的。」

帕霍聽了十分高興，說定了第二天一早就開始。大家又聊了一陣，接連喝了幾杯馬奶酒，吃吃羊肉，復又喝茶，沒多久天色就暗了。這群巴什基爾人找來一張羽毛床讓帕霍安歇，然後各自散了回家休息，答應明日破曉時就來載他，天明前載他到指定地點去。

7

帕霍躺在羽毛床上睡不著，心裡反覆思量土地的事。

「我可以劃下多大的一塊地哪！」他想著：「我一天輕輕鬆鬆就能走上三十五哩路，如今白晝又長，想想三十五哩圓周繞成一圈土地，該有多麼大啊！我要把比較不好的地賣掉，或租給其他人，自己選最肥沃的土地來種。我要買兩組耕牛隊，再多請兩名工人。大概拿一百五十畝地來耕種，其他就用來放牧牛群吧。」

帕霍整夜不曾闔眼，只在天將破曉時迷迷糊糊睡了一會兒。他才剛闔上眼就做了個夢。他覺得自己還是躺在同一頂帳篷內，聽到某人在外面發出咯咯的笑聲。他納悶這人是誰，站起身走到外面，看到酋長坐在帳篷外，捧著肚子笑個不停。

帕霍走近他身旁，問：「你在笑什麼？」但再仔細一瞧，發現那不是酋長，而是那名不久前路過他家、告訴他有關這片土地的商人。他正要開口問：「你到此很久了嗎？」又發現其實不是商人，而是很久以前來自伏爾加河流域、經過他舊家的農夫。接著他又發現那也不是農夫，而是頭上生角、足下有蹄的魔鬼本尊，坐在那兒咯咯笑。魔鬼面前躺著個男人，穿著襯衫、長褲，赤腳趴在地上。帕霍在夢裡想著，他得看清楚一點，躺在地上的是誰，然後他發現那人已經死了——那人就是他自己！他全身悚慄地驚醒。

「這算是哪門子夢啊！」他想。

環顧四周，他看見門外天色微明。

「該叫他們起床了。」他想：「我們該出發啦！」

他起床，叫醒睡在馬車上的僕人，催他架好馬具，然後叫醒巴什基爾人。

「是時候該出發去丈量土地了。」他說。

巴什基爾人起身集合，酋長也來了。然後他們開始喝馬奶酒，也請帕霍喝茶，但他一刻也等不及。

「要去的話，現在就出發吧！時間差不多了。」他說。

8

巴什基爾人準備妥當，一行人浩浩蕩蕩地出發了。有些人騎著馬，有些乘坐馬車。帕霍跟僕人駕著自己的小馬車，手上拿著把鏟子。他們來到大草原時，曙光漸亮。大家爬上山崗，各自從所乘的馬或馬車上下來集合。酋長走到帕霍面前，手指著平原說道：「你看，你眼睛看得到的土地都是咱們的。想要哪一塊都隨你！」

帕霍雙眼發亮：這一帶全是未曾開墾過的土地，開闊平坦如人的手掌、深黑富饒如罌粟的種籽，山谷之間不同種類的草長得極高，幾乎快與人齊胸了。

酋長脫下了狐狸毛帽放在地上，說：「這就是辨認的記號。你從這裡出發，之後再回到這裡。凡你走過的土地都將是你的。」

帕霍拿出錢來，放在毛帽上。然後他脫下最外層的外套，裡面只穿著件無袖夾層背心，接著鬆開腰帶，改綁在腹部下方，將一袋麵包放進胸前口袋。然後把裝滿水的水瓶繫在腰帶上，把馬靴鞋面拉高穿好，從僕人手中接過鏟子，準備出發。他考慮了好一會該走哪條路，每個方向看來都很誘人。最後他想：「其實都沒差，我只要朝著升起的太陽走就對了。」

他的臉朝向東方，伸展一下四肢，等待太陽從地平線上升起。

「我可不能浪費時間！」他又想：「而且趁著天氣還涼爽，比較好趕路。」陽光才剛在遠方地平線上露臉，帕霍便一肩頂著鐵鏟，往大草原走去。

他腳步穩健地走著，約莫走出三千呎，他停下來挖一個洞，覆上草皮，方便記認。他繼續走，現在他越走越靈活有力，於是加快了腳步。過了一會兒，他掘開另一個洞。

帕霍回頭看看。他可以清楚看到出發時那座山崗、聚在那裡的人們，以及馬車下方閃閃發光的輪子。他粗略估算，目前大概走了三哩。日頭越來越熱，他脫下裡面的背心，搭在肩膀上，繼續往前走。如今已相當熱，他望向日頭，想著該吃早餐了。

「第一輪已經結束，可以休息了，可是一天有四段時間，現在打回頭還嫌太早。不過，我要脫下靴子。」他自言自語。

他坐了下來，把脫掉的馬靴塞進腰帶，繼續前行。現在走起來更加輕鬆了。

「我要再走三哩路，」他想：「然後轉向左邊繼續走。這塊地真的太好了，沒走到的話未免太可惜。看起來走得越遠，土地越好的樣子。」

他又往前走了一陣子，再次舉目四顧時，幾乎已經無法望見山崗，上頭的人群也變得像黑螞蟻一樣，他只能看到山崗上某樣東西在日頭下閃耀。

「啊！」他心想：「我已經往這邊走得夠遠了，該轉個方向了。更何況我一直在流汗，真的好渴！」

他停下腳步，挖了個大洞，高高堆上草垛。接著他解下瓶子，喝了口水，然後迅疾地轉向左邊。他不停步地趕路，草叢長得老高，天氣真熱！

帕霍開始覺得疲累，他看看日頭，發現已是中午了。

「唔！」他想：「我得休息一下。」

他席地而坐，吃點麵包、喝幾口水，但沒躺下休息，他想著若真的躺下，可能會就此睡著。他坐了一會兒，繼續上路。一開始他步伐輕鬆，吃過東西讓他力氣充沛，但天氣愈來愈熱，他又開始睏倦。然而他腳下不肯稍停，想道：「只要忍耐一小時，就一輩子吃用不愁。」

他朝這方向同樣走了很長一段路，正準備再往左轉時，突然看見一個水塘，他想：「漏掉這裡就太可惜了，這裡種亞麻正好。」就這樣，他涉過水塘，在塘邊挖了坑，方才轉身。帕霍朝山崗看去，因為太熱，望去一片模糊，似乎有點搖晃顫動的樣子，一片模糊中，他幾乎看不到山頭上的人們了。

「唷！」他想：「之前兩邊實在走太遠，這段路可得縮短了。」他繼續朝第三個方向走去，腳步加快。他看看太陽，差不多已落到地平線的一半了，而這塊地的第三個方向還走不到兩哩，距離目標還有十哩遠。

「不行！」他想：「我必須沿著原路趕回去，雖然這樣會讓這塊地看起來很不對稱。我可能真的走太遠了，不過這也表示我已經有很大一塊土地啦。」

於是帕霍急匆匆地掘了個洞，轉頭朝著山崗筆直走去。

9

但現在帕霍步履維艱。炎熱的日頭榨乾他的氣力，他的赤腳佈滿傷口跟瘀青，兩腿也開始無力。他渴望休息，但若想在日落前返回原地，就別妄想休息。日頭是不等人的，一吋吋地往地平線上沉沒。

「噢，天哪！」他想：「假如我一開始不要走那麼遠就好了！我犯了愚蠢的大錯！要是趕不回去怎麼辦？」

他看著山崗跟太陽，離目標還遠得很，但太陽已經快落到山邊了。帕霍不斷地走，如今每一步都很辛苦，但他越走越快。他加快步伐，但似乎怎麼也走不到。他開始跑起來，拋下外套、靴子、水瓶、帽子，只留下那把鏟子，用來支撐即將倒下的身軀。

「我該怎麼辦？」他又想：「我一味貪多，眼看這事要毀了。我沒辦法在太陽下山前回到那裡去！」

恐懼讓他更加喘不過氣，帕霍繼續往前跑，汗水浸透的襯衫與長褲緊緊黏在身上，他的嘴唇焦乾，胸膛劇烈起伏如鐵匠鋪裡的風箱，心臟用力咚咚地跳，就像是有把鐵鎚在敲打，而他的雙腿癱軟，慢慢失去力量，彷彿已經不是他的。帕霍被恐懼牢牢攫住，很怕就這樣死去。

儘管怕死，他也不能停。「都已經跑了這麼遠，要是現在停下，他們肯定會罵我傻子。」他心想。所以他不停地跑，越來越靠近原點，開始聽到巴什基爾人助威吶喊的聲音。他們的叫喊聲讓他的心更加熾熱，他鼓足最後氣力繼續向前。

太陽即將落到山的另一邊，這時它裹著薄霧，看起來又圓又大、鮮紅如血。現在，是了，就是現在，太陽就要落下！它懸得低低，不過帕霍也快跑到終點了。現在他可以看到山崗上的人，對他揮舞著手臂，催他再快一點。他看到了地上的狐狸毛帽，還有他放在上頭的錢、酋長坐在地上雙手按著肚子。帕霍想起了那場夢。

他想：「土地的確夠大，不過神會讓我擁有這片土地嗎？我就要死了，我就快死了！我永遠也跑不到原點！」

帕霍看著日頭，眼睜睜瞧著它碰觸到地平線，已經消失了一半。他鼓起剩餘的氣力再跑，弓起身體往前彎，以免兩腳因過度痠軟趕不上，一跤摔倒在地。

他一口氣跑到山崗上，天色陡地黑了。他往上看，太陽已然沉沒。

他大喊一聲：「我白白辛苦了一場！」正打算停下腳步時，耳邊聽見巴什基爾人仍在鼓譟叫喊。他突地想到，從他眼中看去，太陽已經西沉，但對站在山上的他們來說，太陽還沒落下。他深吸一口氣，大步跑上山崗，那裡還有日光，他一口氣跑到頂端，看到那頂毛帽，前方坐著酋長，正捧腹大笑。帕霍又想起那場夢，他低低喊了一聲，兩腿再也支持不住，身體往前栽倒，雙手正好碰到那頂帽子。

「啊，這人真是了不起！」酋長大聲說：「他得到多大一塊土地啊！」

帕霍的僕人跑上前去，想扶他起來，卻看到鮮血從主人口中汩汩流出。帕霍死了！

巴什基爾人發出嘖嘖聲，紛紛表示憐憫。

帕霍的僕人拾起鏟子，挖了個夠長的洞，將他就地埋葬——從頭頂到雙腳，恰恰是六呎。他真正所需要的土地，就是這麼多而已。

一面空鼓

（這是長久流傳於伏爾加一帶的民間故事）

艾密昂是個工人，替雇主工作。有天他去上工，路過一片草地時，有隻青蛙突然從他面前跳出來，他險些踩到，還好及時避開。這時他聽到後面有人叫喚他。

艾密昂轉頭一看，原來是個模樣可愛的姑娘，問他道：「艾密昂，你怎麼還不結婚？」

「我怎麼結婚啊，姑娘？」他說：「我除了身上這件衣服，一無所有，沒人願意嫁我的。」

她說：「我可以當你老婆。」

艾密昂對她很中意：「我很樂意，可是我們要住哪？又要怎麼過活？」

「這有什麼好擔心的？」這女孩說：「一個人只要肯多工作、少睡覺，到哪都會有衣服穿、有東西吃的。」

「唔，很好，那我們結婚吧。」艾密昂說：「我們要住哪裡？」

「我們去鎮上。」

就這樣，艾密昂跟這姑娘一起去鎮上，她帶著他走遍整個小鎮，最後來到小鎮邊緣，那兒有棟小屋，他們便結了婚，開始一起生活。

有一天，國王坐著馬車路過這小鎮，從艾密昂的小屋外經過。艾密昂的妻子正巧走出屋子，見到國王。國王見了她，十分驚訝。

「怎麼會有這樣一個美女？」他說，命人停下馬車，叫住艾密昂的妻子，問她：「妳是誰？」

「農夫艾密昂的妻子。」

「妳這樣一個美女，為什麼要嫁給農夫？」國王說：「妳應該當王后的！」

她說：「謝謝你好心說這些話，不過對我來說，有個農人丈夫已經很好了。」

國王跟她說了一會兒話，然後坐著馬車走了。他回到王宮裡，怎麼也忘不掉艾密昂妻子的倩影。他整晚不能入睡，只是一直想著怎麼把她據為己有。但他想不出辦法，於是叫來臣子，命他們想辦法。

臣子說：「叫艾密昂來王宮工作吧！我們給他一大堆活，讓他做到死。這樣他妻子就會變成寡婦，那麼她就是您的了！」

國王聽從建議。他命人去喚艾密昂來王宮，有差事給他做。而且他應該帶妻子來，一塊住在王宮裡。

使者來找艾密昂，把國王的旨意告訴他。他妻子說：「艾密昂，去吧！一早就去幹活，不過晚上要回家。」

艾密昂去上工，他來到了宮殿前，王宮裡的管事問他：「你怎麼一個人來了？為何不帶上你妻子？」

艾密昂說：「我幹嘛要帶她來呢？她有家可以住啊。」

在國王的宮殿裡，這些人派了兩人份的工作給艾密昂。他動工時，根本不敢奢望完成，但……眼看天漸漸黑了，看哪！事情也通通做完了。管事的看到他完成了所有工作，便派了四倍的活，叫他明天來做。

艾密昂回家去了。家裡收拾得井井有條，爐子是熱的，晚餐已準備好，他妻子坐在餐桌旁，正在縫補衣物，等著他回來。她起身迎接，擺好餐桌，擺上食物讓他吃喝，然後問他工作進行得如何。

他說：「啊！實在不妙。他們派的工作超過我能負荷，想要累死我。」

「工作的事你不用煩惱！」她說：「不要往前看，一直記掛還剩多少工作；也不要往後看，一直盤算已經做了多少。你只要持續工作，一切都會好好的。」

然後艾密昂就躺下睡覺了。第二天一早他又去上工，埋頭幹活，一次都沒抬起頭來過。然後，看哪！傍晚還沒到，事情都已做完；天還沒黑，他就回家休息去了。

他們派給艾密昂的工作一天比一天多，但他總能在期限內做完，回自己的小屋去睡覺。一星期過去了，國王的僕從發現，他們沒辦法用粗活把他壓垮，於是就決定派需要技術的工作給他。不過這招也不管用。不論是木工、石造、鋪屋頂，不管指派什麼差事，艾密昂都能準時完成，晚上就回妻子身邊去。第二個星期又過去了。

於是國王把臣子都叫到面前，說：「我真是白養你們這群人！兩星期過去了，我沒看到你們做好什麼事。你們應該要用工作累垮艾密昂，但我每天從窗戶看出去，都看到他傍晚就回家，還高興地唱著歌！你們是在耍我嗎？」

每個大臣都有辯解的理由。「我們真的想盡辦法打算用粗活累死他，」他們都說：「但是沒什麼可以難倒他。他把事情一股腦做完，就像拿把掃帚掃地那麼簡單，根本就操不死。然後我們就派他需要技巧的工作，我們想他應該沒那麼聰明，想必做不來，可他也全都完成了。不管我們派他做什麼，他全都完成，沒人知道他是怎麼辦到的。不是他就是他妻子懂魔法，幫他幹完這些事。

我們都覺得煩透了，只想找一件他做不來的差事給他。我們已經想到了，不如就命他一天內蓋好一座大教堂。去叫艾密昂來，叫他在這座宮殿前建造一座教堂，一天內要完成。到時要是他無法完成，就說他不服從命令，把他的頭砍下來。」

國王派人去叫艾密昂。他下令道：「聽好，我命你在王宮前的廣場上蓋一座大教堂，明天傍晚前蓋好。如果你真的蓋好，我定給你獎賞，但若你無法完成，我就要砍下你的頭。」

艾密昂聽到國王的命令後，便轉身回家。他想：「這次真的沒救了。」見到妻子後，他說：「快把東西收一收吧，老婆，我們必須盡快離開這裡，不然我就要完蛋了，雖然我根本沒犯什麼錯。」

「什麼事讓你這麼害怕？」她說：「我們為什麼要逃跑？」

「我怎麼能不怕？國王命令我明天——只有一天的時間——給他建造一座大教堂。我若沒完成，他就要砍我的頭。現在能做的只有一件事：趁還有時間，我們快逃吧。」

但他妻子不讓他往下說。她說：「國王有很多兵士，我們跑到哪，他們都會捉我們回去。我們根本就逃不掉。只要還有力氣，就必須照他的命令去做。」
「但這工作我根本沒法完成，叫我怎麼服從？」
「唷，好人，別這麼喪氣。現在吃晚餐，然後上床睡覺。明天早點起來，一切都會沒事的。」
艾密昂躺下睡著了。
他妻子隔天一大早，就叫他起床。
「快點去！」她說：「去把教堂蓋好。喏，鐵釘跟鐵鎚拿去，今天該做的事不少呢。」
艾密昂進了城，走到宮殿前的廣場，那裡矗立著一座尚未完工的大教堂。於是艾密昂開始動工，天還沒黑他就已經做完了。
國王早上起床時，從宮殿裡往外看，看到那座教堂，也看到艾密昂敲打鐵釘忙碌的樣子。其實國王一點都不想要大教堂，只是想到沒辦法處死艾密昂，奪取他的妻子，他就惱怒異常。他又召見大臣，說道：「這件差事艾密昂也做完了，現在找不到理由處死他了。看來就連這件事也難不倒他。你們一定要再想想聰明的計策，不然我不光是砍他頭，連你們的頭也要一併砍下了！」

於是眾臣商議，讓艾密昂在宮殿周圍築河，還得有船隻航行。國王便遣人叫他來，把新工作交付給他。

「如果說，」國王是這樣講的：「你能用一晚的時間蓋好一座大教堂，這事你也一定能辦妥。明天太陽下山前，這一切都要完工。要是不行的話，我就砍你的頭。」

艾密昂比先前更加沮喪，他滿懷悲傷，回家見妻子。

「為什麼你看起來這麼難過？」他太太問：「國王又派新任務給你了嗎？」

艾密昂把事情都告訴她，說：「我們快逃吧。」

但他妻子回答：「我們躲不過那些士兵的。不管我們逃到哪，他們都有辦法逮住我們。除了服從命令，沒別的辦法。」

艾密昂痛苦地低聲說：「我怎麼可能辦得到？」

「欸欸，好人！」她說：「別喪氣嘛。現在來吃晚餐，然後上床睡一覺。明天早點起床，所有事都會如期完成的。」

於是艾密昂躺下來睡覺。隔天清晨，他妻子搖醒了他。

「去吧！」她說：「到王宮去，樣樣都弄好了。只有宮殿前面靠近碼頭那裡，還剩一個小土堆，拿把鏟子去把它剷平吧。」

國王一覺醒來時，看到原本沒有河的地方多了一道河流，船隻到處行駛，而艾密昂正握著鏟子剷著土堆。國王滿腹狐疑，看到河流或船隻，他一點都高興不起來，想到他沒法處死艾密昂就一肚子惱火。

他想：「沒有什麼工作是他做不來的。現在還能做什麼？」於是他又喚來群臣，問他們有何妙計。

他說：「快給艾密昂找件他不會做的差事。不論我們派什麼給他，他都能做完，這樣我根本沒辦法得到他妻子。」

大臣們左思右想，最後想出個計謀。他們前來面見國王，說：「派人傳艾密昂來，跟他說：『到那兒去，但不知道是哪裡，』然後把『那個，但不知道是什麼』帶回來。這樣他肯定逃不過了。不論他去哪裡，您都可以說他走錯了地方；不管他帶回什麼，您都可以說不是那樣東西。然後您就可以砍他的頭，把他妻子奪過來。」

國王聽了很高興，他說：「真是設想周全。」於是他遣人去傳艾密昂來，對他說：「你『到那兒去，但不知道是哪裡，』然後把『那個，但不知道是什麼』

的東西帶回來。要是你沒帶回來，我就要砍你的頭。」

艾密昂回去找他妻子，把國王的話照實說了一遍。他妻子思考了好一陣子。

「嗯，」她說：「是那些人教國王抓你的法子。現在我們得謹慎行事。」

於是她坐下思考，最後對她丈夫說：「這次你要走遠些，去找我們的祖奶奶，她是個老農婦，也是所有士兵名義上的母親。你得求她幫你。假如她給了你什麼，直接拿著那樣東西到王宮去，我也會在那裡。我現在已經躲不過他們了。他們會使用武力抓我，不過不會太久的。如果你肯照祖奶奶的話去做，很快就能救我出來。」

於是這妻子替丈夫打點行裝。她給了他一個皮夾，還有一個紡錘。她說：「把這個給她，她一看到，就會知道你是我丈夫。」妻子還告訴他路要怎麼走。

艾密昂出發了，遠遠地離開了小鎮，然後來到一處，看到一些士兵在操練。艾密昂停下觀看。操練完，士兵們坐下休息，艾密昂便走上前去，問道：「兄弟們，你們知道『到那兒去，但不知道在哪』的路怎麼走嗎？我要怎麼拿到『那個，但不知道是什麼』的東西呢？」

士兵聽了他的話後都吃一驚。

他們問：「誰派給你這差事的？」
他答：「國王。」
他們說：「我們自己從當兵的那天起，就到我們『不知道是哪裡』的地方去，到現在還沒走到；我們也在找『不知道是什麼』的東西，同樣找不到。我們幫不了你。」
艾密昂跟士兵們坐了一會，然後繼續往前走。他跋涉長路，最後來到一片樹林，走進林子裡發現小屋，屋裡坐著一個很老很老的老婆婆——她便是農民士兵的母親——正一面紡著麻紗，一面流淚。她紡紗時，並沒有把手指放進嘴裡用唾沫沾濕，而是放到眼睛旁，以淚水沾濕。
這老婦人看到艾密昂後，大聲問他：「你怎麼會來這裡？」艾密昂就把紡錘交給她，說是他妻子要他送來的。
老婦人立刻變得溫柔，開始問他問題。於是艾密昂把他生命裡的事通通告訴她：他如何跟那姑娘結婚、他們如何搬到鎮上去住、他是怎麼工作的、他到王宮去幹的活、他怎麼蓋起大教堂、又是怎麼弄了一條河出來，還有船隻航行其上，如今國王是如何叫他去「那裡，但不知道在哪」的地方，然後帶回「那個，但不知道是什麼」的東西。

祖奶奶聽他把話說完，便不再哭泣了。她喃喃對自己說：「看來時機到了。」然後對他說：「沒關係，好孩子，你現在坐下，我拿點食物給你吃。」

等艾密昂吃過了，祖奶奶告訴他該怎麼做。她說：「這是一個線團兒，把它往前拋，跟著線頭走。你得一直走，直到海濱才能停。你到了那裡，會看到一座大城市，你就走進城裡，到位置最遠的那棟屋子要求過一晚，然後找出你在尋找的那樣東西。」

「但我怎麼會知道就是那樣東西呢，奶奶？」

「你若是看到某樣比父母更需遵從的東西，就是它了。拿到以後，就交給國王。你拿去給國王時，他一定會說不是那樣東西，你就必須回答：『如果不是這個東西，那就必須打碎。』然後你就用力擊打它，把它帶到河邊，狠狠砸碎，然後扔進水裡。這樣你就可以重新得回你的妻子，我的眼淚也就乾了。」

艾密昂跟祖奶奶道別，把線球往前拋。線球不停向前滾，最後終於滾到了海邊。艾密昂看到大海旁矗立著一座大城市，而城市遠遠的另一端是一棟大屋。艾密昂走到屋子前，拜託讓他借宿一晚，對方同意了。他躺下睡覺，隔日早上醒來時，聽見父親叫他兒子出去砍柴，回來好生火。但那兒子不肯去，說：「現在還太早，有的是時間。」艾密昂又聽到那母親說：「快去，兒子，你爸爸骨頭痠痛，難道你要他自己去嗎？該起床了！」

但那兒子只是咕噥了幾個字，倒頭又睡，但才剛睡著，便聽到街上有某樣東西發出如雷的聲響，那兒子跳了起來，趕快穿上衣服跑到街上去。艾密昂也跳起來，跟在他後面跑出去，看看到底是什麼東西，比父母更能叫兒子服從。他看到有個男人在街上走，肚子上綁著個東西，手上拿著棍棒敲擊，就是這樣東西發出如許宏亮的聲響，叫兒子不得不服從它。艾密昂跑上前去，仔細看了一看。他發現它是圓的，像個小桶子，一張皮緊繃著拉向兩端，他問人這東西叫什麼。

人家告訴他：「這是個鼓。」

「它是空心的嗎？」

「是啊，是空的。」

艾密昂很驚訝。他請對方把這東西給他，但這些人不肯給。艾密昂便不再問，只跟著打鼓的人走。他跟在後頭走了一整天，等到鼓手終於躺下睡覺時，艾密昂一把奪過這面鼓，很快跑走了。

他不斷地跑，最後總算回到了自己的鎮上。他先去看妻子，但她不在家。他離家才一天，國王就把她帶走了。

於是艾密昂跑到王宮去，請人傳話給國王：「那個去『那裡，但不知道是哪裡』的人已經回來了，還帶回『那個，但不知道是什麼』的東西。」

他們秉告國王，國王說叫他明天再來。

但艾密昂說：「轉告國王，我已經來了，也帶回他要的東西。讓他出來見我，否則我就要進去見他！」

國王出來了。他說：「你去了哪裡？」

艾密昂告訴了他。

「不是那個地方。」國王說，「你帶了什麼回來？」

艾密昂指指鼓，但國王看也不看。

「那不是我要的。」

「如果不是這樣東西，」艾密昂說：「那就必須打碎，願魔鬼帶走它！」

然後艾密昂帶著鼓離開了宮殿，邊走邊敲。聽到他的擊鼓聲，國王麾下的軍隊全都跑出來，跟隨艾密昂，對他行禮，等他的號令。

國王從窗口看見這情景，立刻對著軍隊高喊，叫他們別跟隨艾密昂。但他們不肯聽他的話，全都跟在艾密昂後面。

國王看到這一幕，只好下令，命人把艾密昂的妻子帶回給他，並傳令向艾密昂要那面鼓。

艾密昂說：「我不能這樣做。人家告訴我要把它砸碎，再把碎片丟進河裡。」所以艾密昂抱著鼓走到河邊，後面跟著一隊士兵。當艾密昂來到河岸時，他把鼓摔成碎片，扔進河中；所有士兵見狀，即一哄而散。

艾密昂帶著妻子一道返家。在那之後，國王不敢再騷擾他，他們從此過著快樂的生活。

亞述國王以撒哈頓的故事

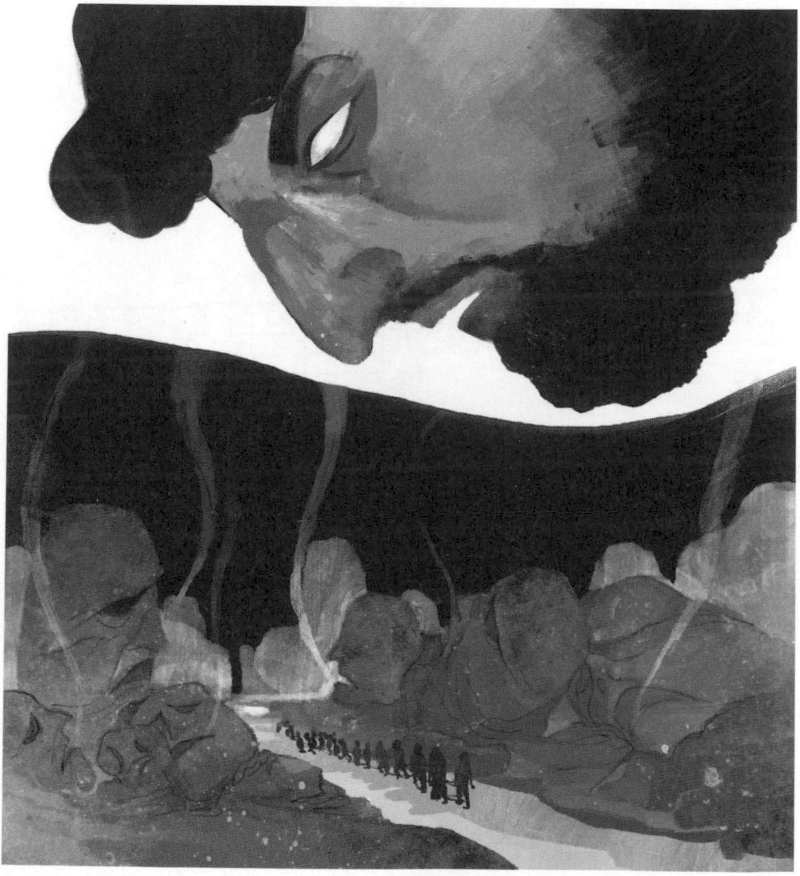

亞述國王以撒哈頓打敗萊利國王，佔領了他的王國，到處燒殺劫掠，俘虜所有居民，帶回自己國家，還屠殺兵士，對酋長施以斬首、剝皮之刑，或將其釘在木樁上刺死。至於萊利國王則被關在籠裡。

一晚，以撒哈頓國王躺在床上，正想著該怎麼處死萊利時，突然聽到床邊一陣窸窸窣窣，張開眼一看，是個留著大把灰鬍鬚的老人，眼神十分溫和。

「你想處死萊利？」老人問道。

「沒錯，」國王回答：「可我還沒決定好要怎麼做。」

「但你就是萊利啊。」老人說。

「這話不對！」國王回答：「萊利是萊利，我是我。」

「你跟萊利是同一個人。」老人說：「只不過你以為你不是萊利，萊利不是你而已。」

「你這話是什麼意思？」國王問：「我人在這裡，躺在柔軟的床上，身邊是忠心耿耿的奴隸跟佣人，明天我就要跟我朋友暢快飲宴，就跟今天沒兩樣。但看看萊利，他像隻鳥一樣困在籠裡，明天我就要刺穿他的身體，他的舌頭會這樣吐出來，不斷掙扎直到死亡為止，然後他的屍體會被狗群撕成碎片。」

「你不能殺了他。」這老人說。

「那麼我殺掉的那一萬四千名戰士，如今埋在我建的墓塚裡，又怎麼說？」

國王說：「我還活著，但他們已經不在了。這不就證明我能殺人嗎？」

「你怎麼知道他們已經不在了？」

「因為我沒再見過他們。更重要的是，他們受盡折磨，但我沒有。他們運氣不好，但我好得很。」

「對你來說，看起來是如此。你折磨的是你自己，不是他們。」

國王說：「這是什麼意思？我不明白。」

「你想了解嗎？」

「是的，我想。」

「你過來這裡！」老人指著盛滿水的大洗禮池說。

國王站起身，走近洗禮池。

「把衣服脫掉，走進池子裡去。」

以撒哈頓照老人說的話做。

「等我開始舀水倒在你頭上，」老人注滿水罐說：「你就把頭低下。」

老人讓水罐傾側，徐徐倒水在國王頭上，而國王也低下頭，直到臉埋到水面下為止。

當以撒哈頓的頭埋到水面下時，他覺得自己不再是以撒哈頓，彷彿變成了另一個人。這時他以旁觀者的心情，看著自己躺在華麗的被褥上，身旁有個美麗的女子。他從未見過這女子，但他心知這是他妻子。女子站起身來，對他說：「萊利，我親愛的丈夫！你昨天工作太累，睡得比平常久，我在旁邊守著你，不敢吵醒你，不過大臣都在大廳裡等你。穿好衣服，出去見他們吧！」

以撒哈頓聽她這麼說，知道自己就是萊利，卻絲毫不感到驚訝，只是想為什麼自己先前不知道而已。他起身著裝，來到大廳上，眾臣都在等候他。

大臣們向萊利國王請安，深深躬身行禮。聽到萊利賜座後，方才在他面前坐下。年紀最長的臣子開始說話，表示邪惡的以撒哈頓對他們的侮辱，實在教人難以忍受，他們應當對他開戰。但萊利不同意，下令先派使者向以撒哈頓表達抗議，接著他命群臣退下。接著他指派記事官當大使，告訴他們見到以撒哈頓時該怎麼說。

安排妥當後，以撒哈頓——這時他覺得自己是萊利——便騎馬出城去，捕獵野驢。狩獵很順利，他自己射殺了兩隻野驢，回到家後跟朋友宴飲作樂，觀賞奴隸女孩跳舞。

翌日他上法庭，請願者、起訴人跟犯人都在那裡等待他審判，一如往常，他對這些呈遞上來的案子加以裁斷。判完之後，他又騎著馬出去從事他最愛的娛樂：狩獵。他又一次成功捕獲獵物，這回他用自己雙手捉到一隻老母獅，還有兩隻小獅。狩獵完回城後，他再度與朋友宴飲作樂，觀賞歌舞，然後與他深愛的妻子共度夜晚。

就這樣，他把一半時間拿來履行國王的職責、另一半時間用來享樂，日子一天天過去，只等著派去見以撒哈頓——也就是過去的他——的大使們回國。這樣整整過了一個月，大使們才回來，但他們的鼻子跟耳朵都被人割掉了。

以撒哈頓國王命令他們轉告萊利，他們所遭受的刑罰，萊利國王也不能倖免，除非他立刻呈獻金、銀與高級的絲帛，並親自向以撒哈頓國王宣誓效忠。

此時的萊利——就是之前的以撒哈頓——重新召集大臣來商議該怎麼做。眾臣異口同聲地說，必須先對以撒哈頓宣戰，不要等對方先發制人。國王這次同意了，親自領軍出戰，開始第一波戰事。

這場戰役持續了七日，國王每天都騎著馬四處巡視，鼓舞士氣。到了第八天，他的軍隊與以撒哈頓的軍隊在一個寬闊的山谷中對峙，谷中有條河流流過。萊利的士兵英勇地作戰，但前身是以撒哈頓的萊利發現，敵軍從山上一波波如蟻群般蜂擁而至，佔據了整座山谷，相形之下他的軍隊人數太少，難以匹敵。他從戰車上縱躍而下，躍入敵陣當中一陣狂砍。但萊利的戰士僅有數百之眾，以撒哈頓的軍隊卻是成千上萬，萊利發現自己受傷了，成為俘虜。

接下來九天，他跟其他俘虜被綁住，由以撒哈頓的軍士看守，一路跋涉前行。第十日，他來到了首都尼尼微，被關進籠子。萊利承受著飢餓與傷口的痛苦，但最令他難受的卻是恥辱與無力還擊的憤怒。他感到自己無力報復敵人施加在他身上的痛苦，他所能做的只是不讓敵人見到他受苦的模樣，幸災樂禍，同時他決意拿出全副勇氣忍耐這些人對他的折磨，不發出半句呻吟。

一連二十日，他困在籠子裡，等待死亡。他看到親友一個個引頸就死，也聽見死刑台上的痛苦呻吟；有些人的四肢被砍斷，另一些人活生生遭到剝皮，但他望著這一切，既未露出焦躁、憐憫之情，也沒有懼怕的神色。他看見自己深愛的妻子遭縛，由兩個黑奴牽著，明白她即將成為以撒哈頓的奴隸。就連這個他也忍了下來，沒有半句怨言。

看管他的守衛對他說：「我同情你，萊利。你本來是個國王，但你現在是什麼？」聽到這幾句話，他想起失去的一切。他兩手緊緊握住籠子的鐵條，狠狠地一頭撞上，一心只想求死。但他力氣還不足以殺死自己，只得滑坐在籠內地板上，滿腔絕望地呻吟。

末了，兩名劊子手打開籠門，用繩索把他的雙手牢牢反綁，帶他前往滿地鮮血的刑場。萊利看到血從一根尖頭木樁上滴落，他朋友支離破碎的屍體才剛從木樁上取下，他馬上知道這根木樁也將結束他的生命。

他們扯下萊利身上的衣物，萊利見到自己過去健壯美好的身體變得如此削瘦，吃了一驚。兩名劊子手抓住他瘦削的大腿，把他舉高，準備讓他從高處直落在木樁上，一刺斃命。

「我就要死了，什麼都沒了！」萊利心裡想著，一時忘記自己之前下定決心，直到最後都要勇敢地保持平靜。他開始啜泣，祈求上天悲憫，但沒人理會。

他想：「這不可能，我肯定是睡著了，這是個夢啊。」他努力想讓自己清醒，結果真的醒來了。夢醒後，發現自己既不是以撒哈頓也不是萊利，而是一種動物。他再次驚詫：原來自己是隻動物啊，之前居然都不知道。

牠在山谷裡吃草，用牙齒咬開軟嫩的草莖，搖著長尾巴驅趕蒼蠅。旁邊有隻長腿的深灰色小驢在嬉戲，背上滿是嬉玩時沾到的泥巴。小驢後腿猛地朝上踢，全力衝刺跑向以撒哈頓，用牠小小的柔軟的口鼻碰觸牠的肚腹，想找奶頭吸奶。找到後，這小驢便安靜下來，一口一口吸著奶水。

這時，以撒哈頓了解到自己已變成一隻母驢，是小驢的媽媽，他既不驚詫、也不難過，反而感到愉悅。他體驗到他自身與後代的生命，並為此感到愉快。

但突然間，不知什麼東西嗖地一聲朝牠飛撲而來，撞向牠的腰側，尖端一下刺進牠的皮肉。以撒哈頓——此時是一隻驢子——感到燒灼般的疼痛，把乳頭從小驢的牙齒間扯開，雙耳往後豎起，快速奔向前方的驢群，想起牠們是牠失散的同伴。小驢也跟上，在牠身側邁開四蹄奔跑。眼見牠們就快趕上出發的驢群，另一支箭迅疾地射向這小驢的脖子，射穿了皮膚，露在外頭的箭身不斷地抖動。小驢哀哀哭著，雙膝跪了下去。以撒哈頓無法捨棄小驢，一直站在旁邊守著。小驢站起來，長而細的腿踉蹌地走了兩步，復又摔倒。一個看起來很可怕的兩條腿的生物——人——跑上來，割斷了牠的喉嚨。

「這不可能！這還是個夢。」以撒哈頓想著，最後一次試著從夢中醒來：「我當然不是萊利，也不是驢子，我是以撒哈頓！」

他叫出聲來，就在那一刻，他從洗禮池中抬起頭……老人就站在他身側，把罐中最後的幾滴水灑在他頭上。

「噢，我經歷的事多可怕啊！這一切真是漫長！」以撒哈頓說。

「漫長？」老人說：「你只是把頭浸到水面下，又抬起頭來而已。你瞧，罐子裡的水還沒全部倒完呢。你現在懂了嗎？」

以撒哈頓沒有回答，只是畏懼地看著老人。

「你明白了嗎？」老人繼續說：「你知不知道萊利就是你，你處死的那些軍士也是你？不只是那些軍士，還有你在狩獵時獵殺的、宴席上享用的動物，全都是你。你以為生命只在你身，但我替你揭開了虛妄的面紗，讓你看見，對他人行不義之事，就等於對自己行不義之事。生命透過眾生彰顯，但生命只有一個，你的生命不過是共通生命中的一小部分。你所能掌握的只有這一小部分，你可以讓生命變得更美好，也能使它更糟糕，可以令其增益或是減損。若你想使自己的生命更加美好，唯一的方式是消除與他人的隔閡，把別人當成自己，好好愛他們。你若這樣做，便是在增加你生命的厚度。相反地，若你以為自己的生命是天地間唯一的生命，不惜以他人的生命為代價，增進自身的福祉，那只是在傷害你自己。你若這樣做，便是在削減自己的生命。你無權摧毀其他眾生，你所殺害的生命看起來是從你眼前消失了，但其實並未消亡。你想延長自身的壽命，減損他人的壽命，但你根本辦不到。生命是無始無終、無邊無際的；一瞬之生等於一千年的生命：你的生命與宇宙間所有看得到的、看不到的生命，是平等無二的。生命無法摧毀也不能改變，因為生命是唯一存在的事物。其他一切僅是幻覺而已。」

說完這些話，老人就消失了。

第二天早上，以撒哈頓國王下令釋放萊利跟牢裡所有的犯人，從此也不再有死刑。

第三天，他叫來兒子亞述班尼帕，把王國交到他手上，自己遠遁荒漠，仔細思考老人教他的道理。之後他四處雲遊，走遍市鎮與鄉村，對人們解釋「眾生一體」的道理，還有「想傷害他人的人，其實最終是在傷害自己」。

經典文學
0EID4518

人依靠什麼而活—托爾斯泰短篇哲理故事
What Men Live By

作者：列夫 · 托爾斯泰
譯者：王敏雯
副社長：陳瀅如
總編輯：戴偉傑
特約主編：王玉
責任編輯：張瑜珊（初版）、鄭琬融（二版）
行銷企劃：陳雅雯、尹子麟、汪佳穎
封面設計：許晉維
封面插畫：61 Chi
排版：Bear 工作室

出版：木馬文化事業股份有限公司
發行：遠足文化事業股份有限公司（讀書共和國出版集團）
地址　231 新北市新店區民權路 108-3 號 8 樓
電話　02-2218-1417
傳真　02-2218-0727
E-mail service@bookrep.com.tw
郵撥帳號　19588272　木馬文化事業股份有限公司
客服專線　0800221029
法律顧問　華陽法律事務所　蘇文生　律師
印刷：中原造像股份有限公司

二版三刷：2024 年 7 月
定價：新台幣 280 元
ISBN：9786263140929(紙書）／ 9786263140936（EPUB）
／ 9786263140967（PDF）

國家圖書館出版品預行編目(CIP)資料

人依靠什麼而活 : 托爾斯泰短篇哲理故事 / 列夫.托爾斯泰著 ; 王敏雯譯. -- 二版. -- 新北市 : 木馬文化事業股份有限公司出版 : 遠足文化事業股份有限公司發行, 2021.12
面 ; 公分. -- (經典文學 ; 0EID4518)
譯自 : What men live by
ISBN 978-626-314-092-9(平裝)

880.57 110020161